ことのは文庫

酔いが回ったら推理どき

酩探偵天沢理香のリカー・ミステリー

六畳のえ

MICRO MAGAZINE

CONTENTS

もくじ

LIQUOR★MYSTERY

酔いが回ったら推理どき

略探偵天沢理香のリカー・ミステリー

一杯目

肉バル欲張りハイボール

【依頼編】アネゴ探偵、天沢理香

「あれ、おかしいな。この辺りだと思うんだけど……」

七月一日の水曜日、間もなく日の沈む夕暮れ。梅雨明け宣言は出されていないものの、既に太陽は日中の空の主役となっていて、雨雲は久しくその姿を見せていない。

巨大迷宮のような池袋《いけぶくろ》駅の地下改札から地上に出て、大学生が騒いでいるカラオケ店と居酒屋を通り過ぎ、大通りを一本外れた。スマホの地図とにらめっこしながら、目的地のビルを探す。

一八時半過ぎとはいえ、歩くと腕がじんわり汗ばむ。暑さしのぎか、中華料理屋が打ち水をしていて、アスファルトから雨の降り始めのような匂いがした。

「すみません、この近くだと思うんですけど」

振り返って頭を下げると、後ろを付いてきている彼女は「いえいえ」と小さく首を振る。あまりこの辺りに明るくないということで、俺が店まで案内することになっていた。

「んっと……あ、こっちだこっちだ」

ビルの位置は合っていたけど入り口は反対側だった、という「都内の店探しあるある」の末にようやく着いたのは、口コミサイトでも評判の高い肉バル。大きめのエレベーターで三階まで昇り、入り口のドアを開けると、胸元に二列のワインカラーのボタンが付いた、袖口にスリットがある七分丈のコックシャツを着た女性スタッフが出迎えてくれた。

「いらっしゃいませ。ご予約でしょうか」

「あ、はい。天沢《あまさわ》って名前で……」

「三名様でご予約ですね、お待ちしておりました。お連れ様もお見えになっています」

颯爽《さっそう》と歩くスタッフの後について、肉バルの店内を進んでいく。ワインカラーで揃《そろ》えたスカーフとハンチング帽がおしゃれで可愛い。

内装は黒を基調とした壁で、明るいウッドカラーのテーブルがゆったりとした間隔で並んでいる。幾つもある窓は開け放されており、風が抜けて思ったより暑くない。

店内に流れるサックスのジャズも相俟《あいま》って高級感を感じられるものの、百名は入れそうなフロアの造りや若いスタッフの雰囲気はどこか居酒屋っぽさもあり、俺のような若手会社員のグループでも来れそうだった。

今度飲み会で使ってみるかな、と思っていると、窓際の四人掛けテーブル席に座ってややや小さめのジョッキをグッと傾けて飲んでいる、待ち合わせ相手の声が響く。

「やっほー、久登《ひさと》君、こっちこっち！　場所すぐ分かった？」

「いや、結構迷いましたよ、理香《りか》さん」

テンションの高そうな相手に、後ろの彼女は動揺している。俺、進藤《しんどう》久登は、「こっちにどうぞ」と席へ促し、自分はぐるりと反対側へ移動した。

「えっと、探偵さん、この方は……？」

一五五センチくらいだろうか、やや小柄な黒髪ショートの彼女は、俺の向かいの席で立ったまま、戸惑い交じりに訊《き》いてきた。彼女の視線の先、俺の隣の席にいる女性は、ジョッキの持ち手を掴《つか》むのではなく、持ち手の中に四本の指を入れてしっかり握り、ニコニコしながらまた一口飲んでいる。

「ああ、言ってなかったですね、ごめんなさい。俺じゃなくて、彼女が謎を解く探偵なんです」

「えええっ！」

思わず大きな声を出す彼女に、理香さんは「あっはっは、そうですよね、驚きますよね！」と豪快に笑いつつ立ち上がる。

「ごめんね、我慢できなくて先に飲んでました！　天沢理香です、今日はよろしくお願いします！」

「よ、よろしくお願いします……」

依頼人の彼女は、探偵から勢いよく手を差し出され、顔を強張らせながら、おそるおそる細い腕を伸ばした。

こうして立った二人を見比べると、やはり一六〇ちょっとある理香さんの方が高く見える。カカオ強めのビターチョコレートのようなダークブラウンのセミロングを、チェック柄のシュシュでオールバックポニーテールにした、いつもの髪型。バッチリおでこを出し、時にこうしてフレンドリーに、時にはさばさばと話すので、大抵の人が彼女を「アネゴ」キャラだと思うだろう。

「さ、座って座って。椅子の下に荷物置きのカゴあるから！　あと飲み物、店の一押しはハイボールだけど、どうします？」

「あ、俺はじゃあ、ハイボールで」

「私は……ウーロン茶で」

理香さんは「分かった、頼んじゃう！」とネコを思い出させる切れ長二重の目をぱっちりと開けて、色の濃い唇をキュッと引きあげる。小顔にバランスよく配置されたパーツで笑顔を作ると、人懐っこさと気さくさがグッと増して、昔から見ているはずなのに、改めて魅力的だと思えた。

「ビックリしました、てっきり進藤さんが探偵なのかと……」

理香さんが追加の飲み物と料理を注文した後も、依頼人の彼女は驚きを隠せない様子で、俺達二人を交互に見ている。

「天沢さん……は探偵事務所みたいなところで働いてるんですか？」

「全然！　普段はただの会社員ですよ。今日も仕事帰り」

理香さんは、隣の俺に風が吹いてきそうな勢いで首をブンブンと横に振った。

平日の彼女は、新宿《しんじゅく》西口のビル街で介護用品をレンタルする会社に勤務しており、利用者への請求書の発行とその回収管理を担当していると前に教えてもらった。今日の装いもばっちりオフィスカジュアルで、ライトブルーのシフォン生地でできた柔らかそうな風合いの、フレンチスリーブのブラウスだ。清涼感のある白とネイビーのストライプスカートが、より夏っぽさを感じさせる。

「俺はあくまで橋渡し役ですね。今回みたいにネットで謎解きの依頼を受けて、理香さんに繋《つな》いでます」

「ワタシ、SNSあんまりやらないし、久登君の方がマメだしね」

いつもありがと、と彼女は俺に向かってペコリとお辞儀してくれた。ジョッキを持ったままとはいえ、こんな風にまっすぐにお礼を言われると少し照れくさい。

「久登君とは昔から仲良いから、お手伝いしてもらってるんです」

依頼人の彼女は「そうなんですね」と相槌《あいづち》を打った後、目を見開いて両手をパンと合わせる。

「あ、ひょっとしてお二人って付き――」

「違う違う、そういうのじゃなくて！　幼馴染《おさななじみ》！」

「そんなに即座に否定されると悲しいんですけど」

「き」の音が聞こえるかどうかのタイミングで、理香さんが大げさに両手を動かして遮った。二十代になるとあまり聞かなくなる『幼馴染』の単語にポカンとしている依頼人に対して、俺はすかさず補足する。

「家が近かったんで、幼稚園入る前からいつも一緒に遊んでもらってました。理香さんの方が三つ上なんで中学も高校も一緒じゃなかったんですけど、理香さんは大学、俺は社会人から東京《とうきょう》出てきたんで、こっちで再会したんです」

「そうそう、それで去年の秋に二七歳になったタイミングで、謎解きを始めたんです！　まだ新米探偵だけどしっかり頑張りますね。えっと、ごめん、お名前……」

「あ、雨宮悠《あめみやゆう》乃《の》です。年齢、天沢さんと一緒ですよ」

「そっか、同い年なんだ！　じゃあ、タメ口にしようかな。改めてよろしく、悠乃さん」

「不思議なご縁ですね。よろしくお願いします」

　理香さんに親近感を覚えたのか、雨宮さんはさっきより柔らかい表情で頭を下げた。

　場の空気が少し和《やわ》らいだので、俺は改めて依頼人――雨宮さんを観察する。黒髪のショートをボブにしていて、おでこがほとんど隠れている。襟足をバツッと短めに切り揃えていて、さっぱりした性格のような印象を受けたけど、少したれ目の顔立ちには根っこの部分にある優しさやおとなしさが滲《にじ》み出ていた。

服装はミントカラーのカットソーに裾の広がったベージュのワイドパンツ。大分暑いのにグレーのリネンジャケットを着ているのは、探偵に会うからという彼女なりの礼儀に違いない。


「それにしても、幼稚園前からって、本当に長い付き合いなんですね」

「そうなの！　ワタシ昔から世話焼きだから、今でも色々気になっちゃってね。久登君のワイシャツのポケットの糸がほつれてることとか」

「え？　あっ！」

胸元を見ると、ポケットの口の部分を縫っていた白い糸がびろんと飛び出していた。

「もう、理香さん、早く教えてくださいよ！」

「いや、自分で気付くかなあと思って泳がせたのよ」

「今朝から気付いてなかったのにどういうタイミングで気付くんですか」

「例えばほら、お酒をワイシャツ全体にバシャッと零《こぼ》しちゃってさ、胸元を拭くときに『あ、糸出てるじゃん』とか」

「どうしても俺をおっちょこちょいにしたいんですね」

卓球のラリーのようなテンポの応酬に、聞いていた雨宮さんが小さく吹き出す。

「ふふっ、仲良いんですね。ハサミ、使いますか？」

そう言いながら彼女は何かを探すように、ジャケットの胸元や脇ポケットを手早く叩《たた》いて探った後、「こっちか」とバッグからソーイングセットを取り出した。

「すごい、常に持ち歩いてるんだ！」

「私もよくボタン取れたりして、頻回《ひんかい》に使うので」

そう謙遜しながらテーブルのこっち側までやって来て、小さなハサミでパチンと切ってくれた。髪からシトラスの香りが鼻にふわりと遊びに来て、気分も爽やかになる。

「飲み物遅いなあ。ワタシのも一緒に持ってきてもらおうっと」

既にほんのり赤ら顔になっている理香さんは、ジョッキの残りを飲み干し、スタッフにおかわりを頼んだ。そのまま雨宮さんに向き直り、「雰囲気良い店だよね」と言ってニッと歯を見せる。

「池袋が良いって言われたから、お気に入りのこのお店にしたんだ。ごめんね悠乃さん、勝手に選んじゃって」

「とんでもないです。勤務先から歩ける場所なんで助かりました」

すると理香さんは、顎を支えるように親指を突き出した右手を顔の下に置きながら、彼女に尋ねた。

「あれ、この近くに病院あったっけ？」

「図書館と公園が並んでる場所があって、その近くなんですけ……ど……」

説明の途中で、雨宮さんの言葉が途切れる。俺もすぐに、理香さんの質問の違和感に気付いた。

「え、なんで私の職場、え？」

「あれ、看護師さんですよね？」

「はい……天沢さん、どうして知ってるんですか？　進藤さんにも話してないし、謎解き依頼したアカウントでも仕事のことは伏せてるのに……」

「ああ、うん、ここまでの会話や仕草で幾つかヒントがあったから」

マジックを披露したかのように茶目っ気たっぷりに微笑《ほほえ》む彼女に、雨宮さんは目を丸くして、何か手掛かりを身に着けていたかと服の前後ろをキョロキョロと確認する。

時折彼女はこうして、相手のことをズバズバと言い当ててしまう。それも、お酒を飲んでいるときに限って。

「なんで分かったの、理香さん？」

「悠乃さんの服よ」

理香さんは右肘をつき、手のひらを上にした状態で雨宮さんのジャケットを指した。

「さっき久登君の糸を切るためにハサミを探すとき、まず胸元や腰の方を探してたでしょ。いつもはあの場所にハサミがあるってことよ。看護師さんは包帯やガーゼを固定するためのサージカルテープとか切るのに使うから、いつも服の中に入れて持ち歩いてるからね」

確かに、さっきハサミを探してトトンと服を叩いていたけど、あの一瞬の動きからそんなことまで読み取ったのか。

「それに、頻繁のこと『頻回』って言ってたでしょ。あれは医療現場独特の言葉よね。『頻回の頭痛』とか、ナースがヒロインの漫画で読んだことあるから。だから、多分看護師さんだろうなあって」

種明かしを聞いた雨宮さんは、感動したように細い眉をクッと吊《つ》り上げて、パチパチと手を叩く。自分が当てられた身だったら、やはり同じように拍手してしまうだろう。

「すごいです、本当に探偵みたいですね」

「えへへ、ありがとう。大好きなお酒のおかげよ」

冗談めかして、彼女はピースしてみせた。

大人になり、一緒に飲むうちに知ったのは、理香さんは単に酔っ払うのが楽しいのではなく、味わいや背景の蘊蓄《うんちく》を楽しみたいお酒好きだということ。お酒や肴《さかな》に関する知識も豊富で、並大抵の人なら舌を巻くほどだ。

そこで、このお酒好きという趣味と、「酔ってくると頭が冴える」という特性を活かして彼女が始めたのが、謎解き活動。

日常で気になった謎がある人達からＳＮＳで依頼を受け付け、依頼人と理香さんを引き合わせる。アカウント名は「リカーミステリ・オフィス」。自分の名前とかかっててピッタリ、と彼女も気に入っている。

依頼に関する条件は二つ。一つは、お酒に関わる謎であること。そしてもう一つ、そのお酒が飲める場所で話を聞くこと。例えば、ワインに纏《まつ》わる謎ならワインバー、という具合だ。だから、理香さんと俺が立ち寄れるよう、依頼人を都内近郊に限定している。まあ、お気に入りの店や行ってみたかった店でお酒を飲むための口実とも言える。

ちなみに、食事代金は割り勘で依頼人にも払ってもらうものの、相談料自体は基本的に無料。彼女曰《いわ》く、飲みながらそのお酒に関する謎を解くのは「とびっきりの肴」なので、報酬としては十分らしい。

「おっ、飲み物が来たわ！」

待ちきれない様子で、理香さんがグーでテーブルをコンコンと叩く。彼女の視線の先に目を遣《や》ると、男性スタッフがトレーに載せて、理香さんがさっきまで飲んでいたのと同じ大きさのジョッキを二杯と、それより更に小さめのグラスを運んできた。

「お待たせしました。ハイボール二つと、ウーロン茶になります」

「ありがとうございます」

一番スタッフに近い場所にいた雨宮さんが順番に飲み物を回してくれる。ハイボールの表面では、踊るように泡がプチプチと弾《はじ》けていた。

「悠乃さん、ホントにウーロン茶で良かったの？」

「はい……飲みたいんですけど、明日は少し早いので」

「そっか、じゃあひとまずこれで乾杯ね」

理香さんが「ほら、早く早く」と急《せ》かし、俺達が飲み物を持ったのを確認してからオホンと咳払《せきばら》いする。

「それでは、今日も仕事お疲れ様でした、乾杯！」

「乾杯」

俺と理香さんでジョッキをぶつけると、ゴンッと鈍い音がした。そこに雨宮さんが控えめにカチンとグラスを合わせる。

芳醇《ほうじゅん》なウイスキーの香りを楽しみつつ、吸い込むように一気に飲んだ。

「あーっ、美味《うま》い！」

「ね、ハイボールはやっぱり炭酸強めが最高！」

理香さんの「最高」という言葉に大きく頷《うなず》きながら、すかさずもう一口。彼女の言う通り、強めの炭酸の発泡感が心地よくて、ジョッキを傾ける手が止まらなくなる。キンキンに冷えた刺激が喉を潤す、さしずめ大人のコーラといった感じだろうか。暑い夏のハイボールは格別だ。

雨宮さんはというと、ゆっくりウーロン茶を飲み、ことりと静かにテーブルに置いた。ちらちらとこちらの様子を見ているのは、本当は飲みたいという気持ちの表れだろうか。

「ふはあ、幾らでも飲めるわね」

満足そうに微笑みながらジョッキの水滴を拭う理香さん。そこへ、さっきとは別の男性スタッフがお皿を持ってきた。

「お待たせしました、牛タンのカルパッチョです」

「牛タン？　牛タンってあの？」

テーブルに載せられた大皿の料理に、視線が釘付《くぎづ》けになる。軽く炙《あぶ》ったうえで薄く切られて円状に並べられた牛タンに、スライスした紫玉ねぎとカイワレが添えられ、薄黄色のソースがかかっていた。

「お肉でカルパッチョなんてあるんですね……私、魚のしか食べたことないかも」

「あら、悠乃さん。魚のカルパッチョって日本発祥のオリジナルなのよ」

「え、そうなんですか？」

興味深そうにお皿を覗《のぞ》く彼女に、理香さんは「タコとかホタテもね」と付け加える。

「もともとはイタリア料理なんだけど、薄切りにした生の牛ヒレに、チーズやソースをかけたものがカルパッチョって呼ばれてるの。そういう意味では、このカルパッチョは本場に近いわね」

彼女の蘊蓄を聞きながら、フォークでタンと玉ねぎを一緒に味わう。薄黄色のソースの正体は、酸味の効いたレモンソース。タンのコリコリした触感に、焼き肉屋で食べるタン塩を思い出しながらも、ソースの中に閉じ込めてあるオリエンタルな風味の塩気が、新鮮な驚きになって口の中に広がる。そこに乗っかってくる玉ねぎの辛みもまたちょうどいい。バランスも考えてこの薄さにスライスしているのだろう。

「私、これすごく好きです。酸っぱさがちょうど良くてたくさん食べられますね」

「分かる、ワタシも気に入ってるの。肉料理だけど脂っこくないってのが良いわよね」

雨宮さんと理香さんの会話を聞きながら、自分はもう少し脂っこくてもいいなあと思いつつ、もう一口ハイボールを流し込んだ。喉の渇きのせいで一気に飲んでしまったさっきより、幾分冷静になって味を確かめる。比較的ウイスキー感がしっかり出ていて、密度のある香りが鼻から程よく抜けるけど、炭酸が強めで後味はすっきり。爽やかな風味同士、タンのカルパッチョとの相性が抜群だった。

「ここは理香さん御用達《ごようたし》なんですか。ネットだと結構有名なお店みたいですけど」

「常連じゃないけど、三回くらい来たことあるかな。値段がそんなに高くない、コスパの良い肉バルってそんなにお店の数がないから」

「私は肉バル自体初めて来ました。最近よく聞きますよね、肉バルって」

店内をキョロキョロ見回す雨宮さんに合わせて、俺も少し辺りを覗いてみる。テーブル席がメインだけど、ライトグレーのソファ席も幾つかあって、男女のグループがワイワイ騒ぎながら注文していた。壁には産地で実際に掲示されているらしいウイスキーやワインのポスターが貼られており、そのデザインと読める範囲の英語を眺めるだけでも、現地で使われてるシーンが想像できて面白い。

「理香さん、肉バルって前からたくさんお店あったんですか？」

「ううん、広まったのは最近だと思う。そもそも日本だと、お肉食べるなら焼き肉屋ってイメージが強かったからね。そこに、網で焼かなくても美味《お い》しいお肉とお酒が飲めるおしゃれな場所ってことで一気にブームになった感じかな。内装も女子が来やすい、女子会でも使えるものになってるしね」

「なるほど、確かに肉だと焼き肉屋やステーキ屋のイメージしかなかったですもんね」

俺は相槌を打ちながら、またジョッキを傾ける。月曜から三日間の労働をこなし、さらに酔いも手伝って熱くなった体に、ハイボールの心地良い冷たさが血液に溶けて体中を駆け巡るかのように染み渡る。

「ふう、疲れが飛んでいきます。いや、それにしてもハイボールっていったらやっぱり、このウイスキーの風味が良いんですよね。あんまり濃いとちょっと苦手だけど」

「ふふっ、ちなみに久登君、ハイボールって別に特定のお酒の名前じゃないのよ」

「え、そうなんですか」

理香さんが蘊蓄を話し始めたので、椅子をグッと前に引いて聞く体勢に入る。雨宮さんもグラスを置いて少しだけ身を乗り出した。

「ジンとか焼酎みたいな蒸留酒って言われるお酒とか、蒸留酒にナッツとか果実とかシロップを加えて作るリキュールってお酒を、炭酸やジュースで割ったものを『ハイボール』って呼ぶの。今はすっかりウイスキーの炭酸割りが有名だけどね」

「そうか、あくまで総称なのか……」

「で、焼酎を割ってるのは焼酎ハイボール、略してチューハイよ」

「あっ、それが語源なんですね！　俺初めて知りました」

また一つ酒の小ネタを覚えた。雨宮さんも「私も知らなかったです」と興味津々で頷く。

「うわあ、そういうの何も分からないまま飲んでましたね。なんか恥ずかしいです」

「いやいや久登君、それがお酒の良いところじゃない！」

勢いよく、隣から肩をバシンと叩かれる。力の加減がうまくできておらず、多少酔っていることがよく分かった。

「何も知らないでもみんなでワイワイ飲める。でもじっくり学びながら深めることもできる。なかなかないわよ、こんなに素敵な趣味」

「言われてみれば確かに、大人数でも一人でも楽しめますね。俺もたまに一人で飲むし」

「若い人からお年寄りまで嗜《たしな》めますしね。私もお酒好きですよ」

俺と雨宮さんの同意が嬉しかったのか、彼女はキュッと目を細めて笑った。

「味わい方も楽しみ方も一つじゃないってことよ。きっと人生も同じなんだろうな、って思ってる」

「酒好きの人が酒と人生を重ねると、なんか説得力があるなあ」

お酒の解説や解釈を聞きながら飲むと、心なしかいつもより美味しく感じられる。

「ワタシはハイボールおかわりするけど、二人はどう？」

「あ、じゃあ俺も同じの」

「私はまだ大丈夫です」

すぐにスタッフを呼んだ理香さんは、ハイボールを二つ頼んだ後、メニューを持ちながらスタッフに体を寄せ、耳打ちして何かを注文した。そして、ジョッキのなくなったテーブルで「さて！」と両手をパンッと合わせる。

「悠乃さん、今回の謎のテーマはハイボールって久登君から聞いてるけど、合ってる？」

「はい、大丈夫です」

理香さんは深く頷いた。「謎に関するお酒が飲める場所で話を聞く」という謎解きの条件の通り、今日はこのハイボールが有名な肉バルに来ている。

二人の会話が終わってすぐ、タイミングを図ったかのようにスタッフがやってきて、頼んだおかわりを置いていった。

「ハイボール……」

間接照明に照らされてオレンジ色に光る俺のジョッキを、目を見開いてじっと見つめながら、雨宮さんはポツリと呟《つぶや》く。事件のことを思い出しているのかもしれない。

「それじゃ、聞く準備でもう一口だけ、と」

理香さんは残っていたカルパッチョのタンの両面にレモンソースをたっぷりつけて、あむっと一口で食べる。そしてハイボールをゴクッと音を立てて飲み、満面の笑みで「ふう」と喜びの吐息をつくと、手のひらを上にして雨宮さんに向けた。

「お待たせ！　じゃあ、話してもらえる？　謎に関する部分はできるだけ詳しく」

「分かりました」

彼女はテーブルの上でやや緊張しているかのように手を組み、ひと呼吸置いてから、ゆっくりと話し始めた。

【事件編】今日はハイボールを

「どこから話そうかな……今、付き合っている人がいるんです。船本遼平《ふなもとりょうへい》さんって方で、向こうが二つ年上の二九歳ですね。合コンで知り合って、少し前から交際してます。付き合ってまだ三ヶ月ちょっとなんですけど、仲良くやってます。笑いの波長も合ってますし、私は一緒にいる時の空気感みたいなものを大事にしてるので、黙ってても大丈夫な人とか、居心地が良い人と出会えてすごく嬉しかったんです。

あと、色々と考えてエスコートしてくれるんですよ。先々週かな、新宿を歩いてるときに突然手を引っ張られて映画館に連れていかれたんです。いきなりどうしたんだろうと思ったら、付き合いたての頃に予告編を見て私が観に行きたいって話してた映画のチケットを既に予約してくれてたんですよね。そんな風に、いつも私のことを楽しませようとしてくれるのがすごく幸せだなって」

喜びの表情を浮かべるのを我慢して頬をヒクヒクと動かしながら話を聞いていた理香さんは、雨宮さんが一息ついたタイミングでニッと歯を零し、「ごちそうさま!」と笑う。

「あ、すみません……別に惚気《のろけ》たかったわけじゃなくて」

「知ってるわよ。いいのいいの、ワタシ、恋バナ大好物だからさ」

あっはっはと大口を開けて高笑いした後、ハイボールをグッと飲む。前に理香さん本人に聞いたところだと、会社で恋愛相談に乗ったことも一度や二度じゃないらしい。面倒見の良さはやはりアネゴ肌だ。

「それで、その船本さんと?」

「はい。彼とは平日はよくご飯デートをしてたんです。私はワインとかウイスキーとかブランデー、あと海外のビールとかをよく飲むんですけど、彼もビストロやバーは好きみたいで、そういうところに二人で行くようになって」

「ビストロ……」

よく聞く言葉だけど正しい意味は知らないな、と思っていたら無意識のうちに復唱してしまったらしい。雨宮さんが喋《しゃべ》るのを止《や》めると、すかさず理香さんが「コース料理じゃないタイプのフレンチレストランよ」と横から教えてくれた。そして「ごめんね悠乃さん、続けて」と促し、彼女はコクリと頷く。

「飲むお酒の嗜好《しこう》は少し違ってましたね。彼はジントニックやモスコミュールが好みらしくて、いつも飲んでました。食事も、私は飲むときはあまり食べないんですけど、彼はしっかり食べるタイプで、フィッシュアンドチップスやソーセージを頼んでましたね。美味しそうに頬張ってるのを見るのも好きでした。でもこの前、ちょっとした出来事があって。それが今回依頼したい謎なんですけど……」

雨宮さんは、お祈りするように合わせた両手を口元に持っていき、深呼吸する。今日の天気とは正反対の、胸の中にもやもやが溜《た》まっているような晴れない表情だった。

「先週の平日夜も、私の勤務先の近くで食事することになってました。『今回は俺が店決めるよ』って張り切ってたのに、会ってみたら彼の表情が少し強張っていて。仕事で何かトラブルとかあったのかなあって、ちょっと気になっていました。

そうしたら、お店に向かって歩く途中で、彼がふと足を止めて。それで意を決したような顔つきでグッとこっちを向いて『今日はハイボールの店に行くよ』って言ったんです」

船本さんの言葉を強調する雨宮さん。そこまで聞いた俺の率直な感想は「何が問題なのかよく分からない」だった。

一方、隣で聞いていた理香さんは「ああ、なるほどね、うん」と、さながら難解な映画のラストシーンが理解できたかのように深く頷いている。

「理香さん、今の話、どこか変ですか？」

「ううん、久登君にはちょっと難しいかあ。男子だもんねえ」

何やら女子二人は分かり合えたらしく、彼女は雨宮さんと一緒にコクコクと首を動かした。男子の俺は置いてけぼりで理不尽だ。

首を捻《ひね》っていると、雨宮さんが誰もいない右に視線を逸《そ》らしながら、使う言葉をゆっくり選びつつ口を開いた。

「これはその、傲慢と言えばそれまでなんですけど……今まで彼と一緒にハイボールの店って行ったことがなくて……」

「……え？　彼氏とハイボールの店に行くことの何が問題なんですか？」

未だによく分かってない俺に、哀れみに近い表情を見せている理香さんが噛《か》んで含めるように説明してくれる。

「あのね、久登君。これまでずっとビストロとかリストランテとかバーとか、そういう店に行ってたのに、急にハイボールの居酒屋みたいなところに案内されたらどう思う？　もちろん、ハイボールがダメって言ってるわけじゃないんだけどね」

酒に貴賤《きせん》はない、とよく言っている理香さんらしいフォローだった。俺はゆっくり想像力を広げながら答える。

「ううん……ちょっと驚くっていうか……ハイボールも美味しいけど、それまでワインやカクテルのお店に行ってて、なんで急に変えたんだろう、って疑問は持つかな……」

理香さんは俺の答えに「合格」と言わんばかりに大げさに頷いてみせる。そして、雨宮さんの気持ちを確かめるように、時折彼女にも視線を投げながら説明を付け足した。

「これまでとタイプが違う店、しかもハイボールってことは、グレード的にもちょっと下がる。こういう店に連れていかれるっていうのは、女性からしたら心配になると思う」

彼女にパスをもらった雨宮さんは、さっきと同じように、言葉を慎重に選びながら返事をする。

「あの、別にハイボール自体が嫌いだとか、そういう話ではなくて。普段友達とは行くこともあるし。ただ、気になってるのは、船本さんとの関係なんです。

これまでずっとバーやビストロに行ってたのに、急に店を変えたってことは、その、有り体に言いますけど……私に対する彼の扱いが変わったんじゃないかって怖くなってしまって……君とはこのくらいのグレードの店に行くことにするよ、っていうか……」

雨宮さんは敢《あ》えて歯切れの悪い言葉でボカしていく。俺もここに来て、ようやく彼女の悩みを理解できた。

彼女はつまり、不安なのだ。船本さんにとって、自分はビストロに行くような相手ではなくなったのだと。ハイボールの居酒屋くらいでちょうど良いと、そう思われていないか、気にかかっている。理香さんに説明されるまで店のチョイスの何が悪いか全く分からなかった俺も、今のままでは相手の女性を同じように悩ませてしまうのではないかと途端に心配になった。

「それで悠乃さん、結局飲みに行ったの？」

この二、三年で似たような失敗をしてないか悶々《もんもん》と思い返していたが、理香さんの質問を耳にしてハッと我に返り、雨宮さんの方に向き直る。

「いえ、その……店の前まで行って……大衆ワイン酒場って感じの、別に変な店じゃなかったんですけど。やっぱりこれまでのところとはちょっと違う雰囲気でしたね。

それで頭がぐるぐるしてきちゃって、体調が悪くなったことにして店へ行くのはやめて、歩きながら少し話してその日はお別れしました。

……嫌な女ですよね、私。行く店にランクを付けて愛情を測るようなこと。でも、彼が私の好みも考えておしゃれな店を調べて連れていってくれるのがとっても嬉しかったんです。大事にしてもらえてるって感じられたから。だから、それがなくなると思うと、どうしても寂しさとか不安が先に来てしまって。

あの日以来、あんまり連絡も取ってないので、なんで急にそんな提案をしたのか、彼の本当の想いも分からないままなんです。船本さんの気持ちが離れてしまっているのか、単純に考えすぎなのか。直接聞く勇気が出なくて困っていたときに『リカーミステリ・オフィス』のことを知って、進藤さんに連絡しました」

俺の名前を出され、思わず「ありがとうございます」と小さく会釈した。


彼女が、おそるおそる理香さんに話している内心がよく分かる。だって、これはひょっとしたら「謎ですらない」のかもしれないから。理香さんの手を借りる必要もなく、ただシンプルに、船本さんがハイボールを飲みたい気分だったのかもしれない。あるいは、「船本さんが冷めただけ」「男女のすれ違い」という一言で済まされる件なのかもしれない。

それでも、わざわざ俺にメッセージを送って依頼してきたということは、彼女の中で容易に片付けきれない何かがあり、どこかで引っかかっているからなのだろう。

そして、どうやら理香さんも同じように合点がいっていないらしく、俺の隣で怪訝《けげん》そうに目を細めながら、グッと首を傾《かし》げている。やがて「うん」と小さく声を漏らし、雨宮さんの方を見て、最初に挨拶をしたときのように喜色を湛《たた》えた。

「意味はあると思うな」

窓の外に月以外の光源がほぼなくなった夜の入り口。間接照明がぼうっと照らす中で、理香さんはわざとらしすぎるほど明るく言い放った。

「あくまで私の印象だけど、これまでの二人の話を聞く限り、船本さんが理由もなく、いきなりそんなことをするとは思えない。きっと何かあるはずよ」

「天沢さん……」

雨宮さんが抱いていた「船本さんにも理由があったのでは」という望み。その可能性に理香さんが共感してくれたことが嬉しかったのか、彼女は声を詰まらせる。理香さんは立ち上がってテーブルを覆うようにググッと身を乗り出し、彼女の両手をしっかり握った。

「それに、悠乃さんは嫌な女じゃないわ。誰だって、恋愛してるときは相手の小さな変化が気になるものよ。大丈夫、その謎解き、協力させてね、悠乃さん！」

【推理編】髪をほどいて

雨宮さんを激励した理香さんは、空になった自分の取り皿をジッと見た後、厨房の方に顔を向ける。バッチリのタイミングでフロアを軽快にスタッフが歩いてきて、さっき彼女が俺達に内緒にするようにヒソヒソと頼んでいた料理を置いていった。

「和牛の炙りユッケになります」

「炙りユッケ！」

聞いただけで美味しさが想像できてしまい、小さく叫ぶ。大皿で運ばれてきたその料理は、茶色のタレのかかった赤身の真ん中に小口切りの青ネギと卵黄が陣取っていて、見た目にも食欲をそそる一品だった。

「理香さん、確かユッケって食中毒が起こってから規制が入りましたよね？」

「そう、厳しくなったわ。使う肉は凍結してるものじゃダメだし、専用の消毒設備がある場所じゃないと加工できないし、消毒するときのお湯の温度の下限まで厳密に決められてるの。保健所の許可も必要だから、コストがかかりすぎて提供を止めたところも多いわ」

「そっか、じゃあこうして食べられるお店って結構貴重なんですね」

雨宮さんがふむふむと頷きながら「どうぞ」と取り分けてくれた。炙りならではの香ばしい匂いにつられ、早速箸を伸ばして頬張る。

細めに切られた肉は、ほどよい嚙みごたえを残しつつ、口の中でとろけるような食感。スジっぽさもなく、とても食べやすくて、後味にほのかに肉の甘みを感じる。たっぷりかかった特製のタレは少しピリ辛だけど、卵黄と混ぜるとちょうど良いマイルドな味わいになった。

「美味い！」

「うん、甘辛のバランスが良くて美味しいです」

雨宮さんと一緒に舌鼓を打っていると、理香さんは続けて運ばれてきたハイボールをにんまりと眺めた。これまで飲んでいたものより色が茶色っぽく、櫛形に切ったレモンが二つ、ジョッキの中に沈めてある。「レモン風味の濃いめハイボールよ」と嬉しそうに、表面で飛び跳ねる泡を見つめた。

不意に彼女は、両手を後頭部に持っていき、チェックのシュシュを外して手首に巻いた。かっちりと縛っていたポニーテールが解《ほど》け、チアガールが宙に投げたポンポンのように髪がふわりとおりる。サッと首を左右に振って後ろ髪を靡《なび》かせた後に、今度は滑らかな手つきで前髪を整えた。

今日もスイッチが入ったな、と思いつつ、隣の席で彼女の「変身」を興奮半分、緊張半分で見る。

仕上げに、いつもの言葉を口にすると、彼女が本格的に推理を始めるためのルーティンが完成となるのだ。

「さて、いこっか」

雨宮さんは口を開けたまま目を丸くした。理香さんの突然の行動だけでなく、そのあまりの印象の変わり様に驚いているのだろう。気持ちはよく分かる、俺も未だに慣れない。

全開だったおでこはダークブラウンの前髪に隠れてほぼ見えなくなった。空気をたっぷり含んで柔らかそうな後ろ髪は肩に乗り、窓からの風に吹かれて甘えるかのようにわさわさ揺れている。やや薄暗い店内なので、お店のスタッフに「座ってる人、変わった？」と勘違いされてもおかしくない。

「悠乃さん、しばらく一人で推理させてもらうわね」

「は、はい……」

心なしか声も少し低めになり、時に騒がしいほど明るかったトーンも落ち着いたものに変わっている。元々目鼻立ちが整っているので、さっきまでの「アネゴ」キャラから急に「美人なお姉さん」に様変わりし、何回かこれを見ている俺でさえ、この瞬間は思わずドキリとさせられる。

理香さん曰く、「普段は鬱陶《うっとう》しいからまとめてるけど、深く考え事をしたいときは前髪が見えたり、首に髪が当たったり、ちょっとノイズがあった方がいいのよ。ほら、カフェやファミレスでも、少し周りで雑談してるとむしろ集中できるときあるでしょ？」ということらしい。それにしたってこのギャップは反則というものだ。

「……ぷはっ」

理香さんは濃いめのハイボールを一気に半分近く飲み、紙製コースターの上に置く。そして、右手を軽く握って口元に当てながら黙った。目線は斜め下、木製テーブルに薄く入った木目でも見ているのだろうか。

顔、特に頬はかなり赤くなっていて、知らない人が見たら酔いすぎて呆《ほう》けているように見えるかもしれない。しかし実際は彼女の頭の中はフル回転で、様々な仮説が浮かんでは同時並行で検証しているのだろう。

理香さんがなぜお酒を飲むと頭が冴えるのか、よく分かっていない。本人は「ちょっとお酒が入った方が仕事に集中できる人もいるし、良いアイディアが浮かぶときもあるでしょ？　あれと同じような感じだと思うな」と言っている。ただし、彼女の嗜好とお酒に強い体質故《ゆえ》か「ちょっと」とは大分かけ離れた量のアルコール燃料だとは思う。

「ああ、あの、二人とも別に話しててていいからね」

理香さんはふと思い出したようにこちらに視線を向ける。毎回言われる気遣いなので「うん、ありがとう」と礼を言うものの、今日初めて会った人とそんなに話すこともないのでやや困ってしまう。

一方の雨宮さんは、推理中の彼女を興味深そうに見ている。

推理が良い感じに煮詰まっているのか、目を細めて思考を突き詰めているかと思えば、何か考えにミスがあったのか一気に脱力して口を小さくかぱっと開ける。そして今度はぼんやりした表情になり、餌を頬袋に詰めるハムスターさながらに頬をぷくっと膨らませ、口からぶしゅーと息を吐き出し、赤ら顔でお酒に口をつける。こちらを一切気にすることなく、恐ろしいほどの集中力で謎に向き合っている分、表情はまさに百面相という感じで、コロコロと変わるその様子は見ていて飽きない。声を出さずに表情だけ変えているのがサイレントムービーの顔芸のようで余計におかしく、雨宮さんもクスリと笑い声を漏らした。

「ふふっ、天沢さん、いつもこうなんですか？」

少し身を乗り出し、小声で聞いてきた彼女に、「そうなんですよ」と返す。

「探偵が主人公のミステリー漫画や小説だと、推理の思考がそのまま書いてあるから楽しんで読めますけど、こうやって考えてる様子を眺めてるのも案外面白いですよね」

俺達の会話も気に留めず、彼女は時折目を閉じて眉間にシワを寄せながら、ハイボールを水のようにゴクリと飲む。酔えば酔うほど強くなる、なんてカンフー映画があったけど、理香さんは酔いが増すほど推理力が研ぎ澄まされていくのだろうか。

「……ふう、難しいわね」

グッと持ち上げた肩をストンと落とし、髪をパパッと左右に揺らして、理香さんは深呼吸と共に呟く。雨宮さんの柑橘系《かんきつけい》の香りより落ち着いた、青葉を連想させるような爽やかな香水が、濃厚な味のユッケをたくさん食べた後にちょうどいい清涼感をもたらした。

窓の外のキャンバスにちらと目を遣ると、描かれているのは来た時よりも一層深くなった夜の闇。白色の街灯の横で「少し休憩するといいよ」と言わんばかりに赤信号が灯《とも》った。

「理香さん、解けそう？」

「んん、まだ考えてみるわ。興味深い謎だから」

ライトブルーのブラウスの袖をひらりと揺らしながらそう言うと、理香さんは力の源の入ったジョッキをググッと傾けて「美味しい」と一言漏らし、今度は普通の濃さのハイボールをおかわりする。

赤い顔、間違いなく酔っているし、パッと見はへべれけにも見えるけど、呂律《ろれつ》も思考もどこまでもしっかり回っている。酔ってふにゃふにゃになる女子とは逆のパターン、お酒の味を楽しみながら、際限なく飲んでいく。

「もうひと推理、いこうかな」

そう言って、またお酒を呷《あお》り、黙って考え込む。時には腕組みをし、時には首を揉《も》みながら、このテーブルだけ時が止まったように静かになった。

せっかくなので、俺もこのタイミングで謎について考えてみることにした。酔いを醒《さ》ますようにジョッキに入っていた氷をガリガリと齧《かじ》りつつ、騒がしいテーブルの会話に気を取られながらも思考を巡らせる。

一方の雨宮さんは相変わらず理香さんが気になるらしい。誰もいない前の席にまっすぐ視線を向けながら唇をタコのように突き出して考えている彼女をじっと眺めている。二人の様子がついつい気になって散漫になってしまう俺は、早々に推理を切り上げた。

その後、数分経《た》って、理香さんが突然「ねえ、久登君」とこちらに顔を向ける。推理中のコミカルな表情ではなく、黒目と白目のコントラストがはっきりしている綺麗《きれい》な瞳で、まっすぐに俺を見た。落ち着いた表情、落ち着いた声、一時間前とまるで違う彼女を前に、小さく息をのんでしまう。

「どう思う？　ワタシはまだ解決の糸口も見つかってないんだけど」

彼女がこうやって問いかけてくるときは、大抵頭の中を整理するためだ。会話しているうちに閃《ひらめ》くこともあるらしい。

それは同時に、俺なりの推理を聞いてもらう絶好のタイミングでもあった。

「理香さん、さっきちょっとだけ考えたんですけど、案外簡単なことかもしれません。船本さんは美味しいハイボールを見つけて、雨宮さんに飲ませようとしただけなんじゃないですか。雨宮さん、ウイスキーもよく飲まれるんですよね？」

「え、ええ。ハイボールじゃなくて、水割りとかミストで飲むことが多いですけど」

「ね、ということは、そのワイン居酒屋にとびきりのウイスキーがあったとか。そのウイスキーを使ったハイボールもすごく美味しくて、雨宮さんに飲んでもらおうと思ったたってことも十分に考えられるんですよ。どうですか、この推理」

「多分それはないわね」

推理終了から間髪を容《い》れずに否定され、思わずパチパチと細かく瞬きをしてしまう。

「まず、本当にそうなんだとしたら、悠乃さんにもそうやって紹介するはずだわ。『すごいウイスキーを見つけた。ミストでも美味しいし、ハイボールもイケるよ』って。悠乃さんの好みの飲み方を知ってるのに、わざわざハイボールだけ伝える意味がないと思う。それに、これまで何回かデートでバーに行ってるんだから、その店にある良いウイスキーでハイボールだって飲めたはずだしね」

「そ、それは確かに……」

「何より、バーならともかく、とびきり美味しいウイスキーがワイン酒場に置いてある確率は低いと思うのよね」

矢継ぎ早に三つの理由を並べられ、完全にノックアウト。将棋の対局終了のように、体を彼女の方に向け、天板に指をつきながら「参りました」と頭を下げる。

「どう、久登君、他にアイディアはある？」

「ん…………あ、分かった。その日はどうしてもハイボールの気分だったんです！」

完全に思いつきのアイディアに対し、理香さんは好奇心とほのかなイタズラ心を同居させたような表情で、唇をむにむにと動かしながら質問してきた。

「ふうん、どんな気分よそれ」

「いや、その……あるじゃないですか。『あー、今日は絶対アイスクリームじゃなくてシャーベットの日だな』みたいなの。そういう感じで、ワインやブランデーよりハイボールだったんですよ」

雨宮さんがテニスの試合を見る観客のように、会話に合わせて理香さんと俺を交互に見る。形勢は不利だけど、なんとか食らいついて反論したい。

「仮にそうだとして、じゃあなんでそういうふうに悠乃さんを説得しないのよ。言わなきゃ伝わらないわよ？」

「まあ、説得するほどは行きたくなかったとか……」

「じゃあ『どうしても』ってほどでもないのね。はい、証明終了」

「ズルい！　攻め方が理路整然としすぎてます！」

俺のツッコミもどこ吹く風で、理香さんは屁理屈対決の勝利の美酒に口をつける。隣で聞いていた雨宮さんは、掛け合いがツボに入ったのか、口を手で押さえていた。

「ちなみに雨宮さん、さっきウイスキーの飲み方を説明してるときに出てきた『ミスト』って何ですか？」

「確かに通《つう》じゃないと頼まない飲み方ね」

理香さんはそう相槌を打ち、雨宮さんに「教えてあげて」と言うように目配せした。

「えっと、ロックグラスにクラッシュドアイスを入れて、ウイスキーを注《そそ》いで混ぜた後に、レモンを搾って皮ごとグラスに入れる飲み方です」

「あ、前に映画で見たな」

「出た。久登君、映画好きだもんね」

「まあオタクとは呼べないですけどね。見てる人はホントに毎日のように見てるから」

大学時代に一度ハマって十本まとめ借りなんかをしていた。社会人になっていったん離れたものの、サブスクリプションの動画サービスで手軽に見られるようになって、熱が再燃している。

「あの作品の中でも解説してたな……グラスが一気に冷えて表面に白い霧が見えるからミストって呼ぶんでしたよね。お酒の中身が分かりにくいから、そこにガールフレンドの好きなキャンディーを沈めておくっていうサプライズのシーンで出てきてました」

面白い演出ですね、と雨宮さんはポンと両手を打ち鳴らす。普段飲んでるから、すぐにイメージできたに違いない。

理香さんはその話を聞きながら、右頬をトン、トンと等間隔で叩いていた。

「悠乃さんが飲み方にも拘《こだわ》ってるのを船本さんは知ってる。ウイスキーならまだしもハイボールだから、久登君が言ったようなミストでサプライズなんてことはできないし……サプライズ……」

そう呟いたきり、彼女の動きが止まった。目だけが、獲物を狙う爬虫類《はちゅうるい》のようにキロリと動く。かと思ったら、今度は全身脱力して肘をついた手に顎を乗せ、何かブツブツ言い始める。この瞬間の彼女は、頬が赤い以外は本当に探偵のようであり、視線がコロコロと定まらない以外は恋に憂う女性のようでもあった。

「サプライズ……ひょっとして……」

再び、静寂の時間。俺も雨宮さんも、彼女が何かを掴みかけているのが分かるので、邪魔するものかと何も喋らない。サックスとドラムのセッションが美しいミドルテンポのジャズに耳を傾けながら、やや氷で薄まったハイボールをマドラーでかき混ぜてユッケと共に味わった。

「……うん、なるほど、なるほどね」

やがて、満足そうに頷き、ジョッキに三分の一ほど残っていたハイボールをゆっくり、しかし一気に飲んでいく。キュッと音を立てて飲み干すと、青線で描かれた建物の絵が水滴ですっかり滲んでいるコースターの上に優しく置いた。

髪を解くのが推理を始めるルーティンだとしたら、こうやって最後に飲み干すのは終わりのルーティン。スパイスの調合から始めてレシピ通りに料理を作り終えた後のように、達成感に満ちた表情を浮かべている。

「悠乃さん、デートしたときの店、ちょっと教えてもらってもいい？」

「分かりました」

雨宮さんがスマホで検索し、例の店の画面を理香さんに渡すと、理香さんも自身のスマホを開いて何やらフリックしている。

「ちょっと席外すわね」

理香さんはスマホを雨宮さんに返し、店のドアを開けて出ていく。おそらく、店に電話して訊きたいことがあるのだろう。

そして確認の結果がどうであったかは、返事を聞かずとも、戻ってきた彼女の表情が教えてくれた。

「理香さん、当たってたんだ？」

「まあ、一応答えは出たかな」

照れたように笑いながら、彼女は「ちょっと気分を変えましょ」とスタッフを呼び、メニューを見ながら耳打ちして注文し始めた。

【謎解き編】少しの嘘《うそ》

「さて、悠乃さん。謎解きに入るわね」

たった今サーブされた大皿のサラダからロメインレタスを取り分けながら、理香さんは斜め前の雨宮さんに語りかけるように話し始めた。

「一つだけ言っておくけど、これが真実かどうかは確証がないの、あくまで推理を積み上げた仮説。それでも大丈夫？」

雨宮さんは一瞬だけ固まった後、大きく一回だけ頷く。それは、どんな結果であっても受け止める、と自分自身に言い聞かせているようでもあった。

「一番大きな謎の答えを先に言うわね。船本さんが貴方に飲ませようとしたのは、ただのハイボールじゃないの。それは実は、これです！　って言おうとしたんだけど……」

どうやらさっきスタッフにこっそりオーダーしていたのがその酒らしいが、来る気配がない。こういうところでスムーズにいかないのが素人探偵よね、と苦笑いする。

「悠乃さんの分も頼んだわ。明日早いからってお茶にしてたけど、本当は謎のことを思い出してハイボールを飲みたくなかっただけかなって。他のお酒なら大丈夫かな？　もし無理ならワタシが飲むから安心して」

「あ、はい……お気遣いありがとうございます」

理香さんに「ワタシが飲むから」と言われると安心できるなあ、なんて思っていると、遂にスタッフが三つのグラスを運んできた。

ウーロン茶のときと同じサイズのグラスに入ったそれは、薄い琥珀色《こはくいろ》とも呼べるような鮮やかな茶色で、俺が飲んでいたハイボールや理香さんが飲んでいた濃いめのハイボールとは少し色合いが異なっていた。表面に炭酸の泡が生まれては他の泡とぶつかってピチピチと跳ねている。

「メニューにはないけど頼んで作ってもらったの。香りが特徴よ」

目の前に置かれたグラスに顔を近づけてみる。

「うわっ、ハイボールと違う」

ハイボールのウイスキー感とは異なる、果実のような芳醇な香りが鼻をくすぐる。

「これ……ブドウですか？」

「さすが悠乃さん、お酒好きなだけあるわ」

雨宮さんがグラスを小さく回すように揺らしながら香りの正体を訊くと、理香さんは口角をクイッと上げて答えた。

「さっ、飲んでみましょ」

グラスを口元につけ、ツッと少量だけ口に含む。濃いブドウのような風味がふわっと口の中に広がった。とはいえ香りほどには甘すぎず、食事にも合わせやすそう。二口目はやや多めに飲んでみたが、喉を通るときの爽快感は、ハイボールに勝るとも劣らない。

「飲みやすくて美味しい！　俺、この味好きです」

目の前で味を確かめるように少量ずつ何度も飲んでいた雨宮さんも、俺に同意するようにコクコクと首を縦に振った。

「私も好きです。天沢さん、これ、なんですか？」

理香さんは、手品のタネを明かすように、少しだけ得意げな顔をして手に持っていたグラスを持ち上げる。

「ウイスキーじゃなくて、ブランデーのソーダ割。あくまで通称だけど、『フレンチハイボール』って呼ばれてるわ」

その名前を耳にし、雨宮さんは口を小さく開けっぱなしにして「ハイボール……」と呟いた。


「あの、理香さん、前も聞いたかもしれないですけど……」

今聞いておかないと話についていけなくなりそうだったので、二人の会話がひと段落したところで、隣でじっくりとお酒を味わっている彼女に聞いてみる。

「ブランデーって蒸留酒っていう種類のお酒でしたっけ？」

「久登君も少しずつ詳しくなってきたわね。そう、果実酒から作った蒸留酒を指すわ。リンゴやサクランボからも作れるけど、一番多いのはブドウから作るものね。フランスのコニャック地方で作ったブランデーはコニャックって呼ばれてて有名よね」

「コニャックって地名なんだ！」

新しい発見に思わず叫んだ俺に、彼女は「正統派のフレンチハイボールはコニャックをソーダで割ったものらしいわよ」と続けて教えてくれた。

「ということは天沢さん、船本さんはひょっとして……」

椅子をテーブルの中にぐっと押して身を寄せ、念を押すように訊く天沢さんに、理香さんは目を瞑って静かに頷いた。

「そう。おそらく彼は貴方に、フレンチハイボールを飲んでもらおうとしたんだと思う。デートで利用した店に電話をかけて確認したの。ネットのメニューには載せてないけど、店内にはオススメメニューとして貼ってるみたい。悠乃さんがワインやブランデーをよく飲んでるって言っていたのが良いヒントになったわ」

なるほど、ワイン酒場を謳《うた》っているなら、良いウイスキーはなくてもブランデーはあるかもしれない。ただ、まだ引っかかる点は幾つかある。

「久登君、何か気になってるって顔してる」

「はい、あの、どうしていつも行っているようなバーに誘わなかったんでしょう？　別にワイン居酒屋じゃなくても頼めますよね？」

俺の質問に、彼女は唇を内側に押し込んで少し黙る。考えがないわけではなく、どう言えば良いのか迷っている様子だ。

「そうね……フレンチハイボールは、もともとバーが発祥の歴史ある飲み方って感じではなくて、ネットの記事やSNSで広まってるものなの。まだそんなに知名度が高いわけじゃないし、ちゃんとしたバーで頼むには邪道かもしれないから、船本さんも避《さ》けたんだと思う。久登君もちょっと良い感じの店に行って『フレンチハイボールください』って言って通じなかったら恥ずかしいでしょ」

「確かに……」

かと言って、ブランデーのソーダ割ください、って注文するのも味気ないもんな。

「あともう一つ理由があるとすると……これは推測だけど……」

理香さんは前髪に若干隠れた眉を掻《か》きながら雨宮さんに視線を向ける。雨宮さんは少し項垂《うなだ》れてテーブルに影を作り、寂しい想いを吐き出すかのように深く嘆息した。

「やっぱり、私との関係を見直す――」

「それは違うわ、きっと」

彼女の不安を払拭するように、顔を赤らめた探偵は優しく、はっきりと口にした。

「多分、船本さんはもともと少し背伸びして貴方と付き合ってたんじゃないかしら」

予想外の答えに、横で聞いていた俺も理香さんの方に体を捻ってしまう。

「金銭的に無理してた、ってことじゃなくてね。船本さんはバーやビストロが好きって貴方に言ってたみたいだけど、本当は肩肘張らない店の方が好きなのかもしれないわね。だから今回はそういう店に連れていこうとした」

「……何か、根拠があってのことなんですよね？」

推し量るような雨宮さんの声には怒りや失望のトーンはなく、理香さんに対する信頼が感じられる。その問いに対して理香さんは、はっきりと頷いた。

「彼がお店でよく頼むのはジントニックやモスコミュールだって教えてくれたわよね。これは私見だけど、バーが好きな人だと、そういうメジャーどころのお酒ばかり飲むことはあんまりないと思う。その店オリジナルのカクテルを飲んだり、味の好みを言ってオススメを作ってもらったりすることが多いんじゃないかな」

なるほど、確かにお酒好きだと珍しいものを頼むイメージが強い。

「料理も、フィッシュアンドチップスやソーセージを食べるのが好きって聞いたから、ひょっとしたらメジャーなカクテルも出してくれる、まさに今回船本さんが連れて行こうとしたワイン酒場の方が彼の好みなのかもしれない、って考えたのよ」

あくまでワタシ個人の意見だけどね、と再度口にする理香さん。憶測の域を出ないけど、当たっているような気がする。ポピュラーなお酒とガッツリした食事が好きなら、カウンターバーよりも大衆居酒屋を選ぶ印象がある。

「……天沢さん。もしそうだとして、分からないことがもう一つあります。これまで一緒に私の好きなお店に行ってくれてたのに、なんで急にお店を変えようとしたんでしょう？我慢できなくなった、ってことなんでしょうか……」

「ああ！　ううん、それは単純なことだと思うわ」

沈んでいる雨宮さんと対照的に、理香さんは急に明るいトーンになる。グラスのフレンチハイボールをスッと味わい、ふはあっと美味しそうに息を吐いてからまた口を開いた。

「きっと、貴方とずっと一緒にいたいから、かな」

「…………え？」

「始めはおそらく、貴方に合わせていたはず。バーもビストロも、話を合わせるために好きだということにした。でも、これから長く付き合っていくためには、それじゃあ続かない。だから、思い切って違う店を、自分が居心地が良い店を選んだ。好みの店ってお互いの間を取るのが難しいから、これからは、自分の次は悠乃さんの行きたい店にしようね、って感じで交代で選ぶつもりだったんじゃない？」

雨宮さんは黙って聞いている。しかしその表情には、謎を話し始めたときに浮かべていた不安の色は見られなかった。

「そしてこれまでと違う店を選んだとしても、それでも貴方が楽しめるように、フレンチハイボールが出る店を探した。そんな気がするわ」

ちらりと俺の方を見た理香さんは、眉をスッと上げ、挑発的とも言える表情で小首を傾げる。

「久登君、まだ何か気になるみたいね」

「あ……えっと、大したことじゃないんですけど、なんで船本さんは雨宮さんにそのまま言わなかったんですかね。『フレンチハイボールっていう面白い飲み物があるんだよ、飲みに行かない？』って言えば誤解も生まれなかったのに」

その質問に理香さんはきょとんとする。やがて、見えないタバコでも吸っているかの如《ごと》く、はあと大きく息を吐いた。

「まったく、女心はともかく、男心も分からないなんてね」

「えっ、俺の問題ですか！」

「そうよ、悠乃さんはきっと分かってるはず」

水を向けられた彼女は、やや照れたように自分の右の襟足を指で撫《な》でた。

「……船本さん、サプライズ好きだから、驚かせようとしたんですね」

それを聞いて、見たかった映画のチケットをこっそり用意していた、というエピソードを思い出す。

そうか、店の趣向を突然変えたのも、ちょっとした謎、サプライズの余興だったわけだ。店で種明かしして、驚かせようとしたんだ。このブドウの風味豊かな、彼女の大好きなブランデーの飲み物で。でも結局、逆効果だった。彼女にとっては不安が大きすぎて、すれ違ってしまった。

推理のどこまでが真実かは船本さんしか分からないけれど、謎の全貌はだいたいそういうことなのだろう。

「フレンチハイボールをメニューに載せている店はそんなに多くないはずだから、貴方の病院に近い、この辺りの色んなお店に電話して、取り扱ってるか聞いて回ったはず。一生懸命調べたのよ、貴方のために」

最後まで理香さんの謎解きを聞いた彼女は、グラスの水面をジッと見た後、ゆっくりと件《くだん》のハイボールを口に含む。

「スッキリしてて美味しい。香りもウイスキーよりアルコール感が強くなくて好きです」

「ね、美味しいわよね。ワタシも好きなの」

理香さんもグラスを持ち、静かに一口飲む。

「私、自分が恥ずかしいです。船本さんの気持ちを信じられないで、お店なんて表面的なところだけ見て勝手に落ち込んだりして」

そして、俺達二人に向けて嬉しそうにはにかんだ。

「……このお酒、彼と一緒に飲んでみたい。それに、これからは彼の好きなお店も、一緒に楽しんでみたいです」

「そうね、連絡取ってみるといいんじゃない？　謎も氷解したし、お互いの想いが薄まらないうちにね」

「ふふっ、天沢さん、お上手ですね」

固まっていた彼女の心も解けたようだ。「お揃いだね」と言わんばかりに、グラスの中で少し小さくなった氷がカツンと音を立てる。

「じゃあ、事件というほどの事件じゃないですけど、ひとまず解決ということで、俺が音頭取らせてもらいます。改めて、乾杯！」

「乾杯！」

三人で、さっきより溌剌《はつらつ》としてフレンチハイボールのグラスをぶつけた。

単に爽やかなだけじゃなくフルーティーな華やかさもある味わいは、「ハイボールといえば暑い夏！」というイメージを超えて、春や秋でも飲みやすい印象を受ける。

さっきは謎が気になっていて急いで飲んでしまったけど、こうしてじっくり香りを確かめてみると、レーズンのように濃いブドウの風味に加え、バニラを思わせるような甘みも感じられる。加えてしっかり強炭酸が主張してきて、優しさとパンチのコントラストが楽しい、飲み飽きないお酒だった。

「悠乃さん、そろそろお酒なくなりますね。ワタシもおかわりするから、最後にもう一杯どうですか？」

「はい、せっかくなので頂きます」

「じゃあ俺、注文しますね。すみませーん！」

すぐにコックシャツを着た女性が足早にやってくる。

「フレンチハイボールを二は――」

「三杯ください」

「かしこまりました」

俺の注文を絶妙なタイミングで遮り、人数分頼んだ理香さんは、満足そうにグラスを振ってカシャカシャと氷で音を奏でた。

「あの、理香さん、俺まだ全然飲み終わってないんだけど」

「大丈夫よ、久登君。次のが来るまでに終わってなかったらワタシが飲むから安心して」

「なんで飲むの！　いいよ俺の前に置いておいてくれれば！」

俺と理香さんのやりとりを笑って見ている雨宮さん。間もなく追加のお酒がサーブされ、二次会のお客さんが増え始めた肉バルで、俺達はメニューにないハイボールでもう一度乾杯したのだった。


「天沢さん、進藤さん、本当にありがとうございました」

「ううん、ワタシの推理がお役に立てたなら何より。船本さんと仲良くしてね」

「また何かあれば、いつでも連絡してください」

丁寧にお辞儀をして、雨宮さんは一足先に店を出る。相談料は自分の食事代のみとはいえ、謝礼で奢ってもらうことも時折あるのだが、理香さんはあまり好きではないらしい。

今回も全額支払うと申し出た雨宮さんに対し、「お金は本業で稼いでるし、謎解きで美味しく飲めたから十分よ」と断って、お会計から割り勘で支払ってもらった。

テーブルには俺と理香さんだけになる。緊張が解けたのか、彼女は両手の指を組んだまま手のひらを見せるように前に突き出して「んんっ」と大きく伸びをした。

「キュー君、どこかでもう一杯だけ飲もうよ」

「またあ？　リーちゃん、飲みすぎじゃない？　俺が来る前はどんだけ飲んでたの」

「ちょっとよ、ちょっと。舐《な》める程度」

親指と人差し指で狭い狭い隙間を作り、彼女は楽しげに「ちょっと」を表現した。

これが幼稚園前からの付き合いの俺達の、素の呼び方だ。「理香さん」ではなくて「リーちゃん」、「久登」の久という漢字から「キュー君」。依頼人がいる前ではきちんとした名で呼び合っているけど、二人きりの時は俺もタメ口に戻り、ただの幼馴染になる。

「リーちゃん、さすがの推理だね」

「キュー君も依頼対応ありがとね」

そうだ、と思いついたように彼女は時計を見る。

「飲むならあそこ行こうよ」

「今から？」

り、荷物を持った。

「まだ二一時ちょっと前じゃない。そんな遅くないし、ね？」

こんな風に手を合わせて頼まれると弱い。「じゃあ行こっか」と言って二人で立ち上がり、荷物を持った。

「賑《にぎ》やかな街だねえ」

店を出て駅に向かう途中、大手のチェーン居酒屋が各フロアを埋め尽くすビルの入り口でたむろしている男女グループを見ながら、理香さんは呟く。肉バルからはほとんど灯りが見えなかったのに、大通りに出た途端、絵の具の原液をそのまま塗りたくったような赤・緑・青・黄・白のネオンが街を眠らせまいと輝いていた。

「ねえ、キュー君、やっぱり都会って田舎と比べて活気あるよね」

「だね、エネルギーが違う」

分かる分かる、と頷きつつ、上京する前を思い出す。俺も理香さんも出身は埼玉《さいたま》の久喜《くき》という東部の市だ。ど田舎というほどじゃないけど、車がないと生活には困る地域だったし、東京との違いは肌で感じている。

「東京は夜も長いよ。地元ならもうコンビニとカラオケとスナックしか開いてない」

「ふふっ、確かにそうね」

夜風に髪を靡かせ、理香さんは声をあげずに静かに微笑む。謎解きは終わったけど、ポニーテールには戻さず、見た目も会話の雰囲気も「綺麗なお姉さん」のままだった。

「リーちゃん、降りるよ」

「もう？　四駅ってあっという間ね」

池袋から地下鉄の東京メトロ有楽町線《ゆうらくちょうせん》に乗って約十分。中吊り広告を話題にしているうちに目的地の飯田橋《いいだばし》駅に着いた。

あちこちに案内看板がある入り組んだ構内を慣れた足取りで移動し、B3出口を出て地上へ。二次会の客引きをしている店員が大勢いる中をタクシーがのろのろと走る、街灯の少ない通りを渡る。裏路地へ入ってしばらく歩くと、お目当てのこぢんまりした三階建てビルが姿を現した。理香さんは期待に満ちた目で二階を見上げる。

「やっぱりワタシ達どっちもアクセス良いってのがポイントだよね」

「そうじゃないと頻繁に来れないもんね」

これが飯田橋駅に行きつけがある理由の一つ。理香さんは「どこでも飲みに行きやすい」という理由で秋葉原《あきはばら》の方に住んでいて、職場は新宿。一方俺は、自然が多くて散歩しやすいところも気に入っている駒込《こまごめ》住まいで、会社は溜池山王《ためいけさんのう》。彼女はJR総武線《そうぶせん》で一本、俺は東京メトロ南北線《なんぼくせん》で一本の通勤で、どちらも飯田橋は途中の駅だ。

「よし、キュー君、行こ」

理香さんは俺の前に立ち、スチールの折り返し階段をカンカンと音を立てて上る。二階に着くと、一見重そうに見える木製のドアをグッと開け、ドアの上部に付いていたベルをカランコロンと鳴らした。

「いらっしゃいませ……おう、久登に天沢さんも！　こんばんは！」

「こんばんは、瀬戸内《せとうち》君。時間あったから来ちゃった」

「ごめんな、杏介《きょうすけ》、来る前に連絡すればよかった」

飯田橋に行きつけがあるもう一つの理由。それは、俺の友人がやっているお店だからだ。

このバー、In the Torch《イン・ザ・トーチ》は、大学時代に同じゼミだった瀬戸内杏介がマスターを務めている。奥まった立地の二階にあり、外装はかなり正統派の店に見えるので、ふらっと入りづらい印象はあるが、二六時まで営業していてのんびり飲める、俺と理香さんの憩いの場所だった。

「へへっ、来てもらえるだけで大歓迎。ほい、座って座って」

比較的狭い横長の店内で、ドアに一番近い端のカウンター席に通される。カウンター席が八席、その後ろに四人掛けのテーブルが四席と比較的こぢんまりした店の造り。ちらりと店の奥に目を遣ると、カウンターの反対の端に二人、テーブルの一つに三人、お客さんが座っているのが見えた。

「水曜の夜なんてノー残業デーの会社が多いのにお客さん少ないな」

「いいんだって、久登。オレが一人で回してるんだから、今は生活できるくらいの儲《もう》けがあれば十分。満席になったらむしろてんてこ舞いになりそうだ」

カラカラと快活に笑いながら、杏介がバックバー《酒棚》を背にして目の前に立ったので、まじまじと見てしまう。

俺より高い一八〇超えの身長に、腕まくりした黒シャツと黒スラックスの装いはカウンターに映える。くせっ毛の黒髪を、おでこがバッチリ見える短髪にしてワックスで整え、更に「マスターっぽくなるから」という理由で短く口ひげと顎ひげを生やしていて、清潔感のある若手マスターという感じだった。

「天沢さん、何飲みます？　もう飲んで来たんですよね？」

「んっと、迷うわね……オススメある？」

「やっぱり暑いんで、モヒートとか人気ですよ」

「ううん、モヒートって気分じゃないかな」

エンジ色、本革製の縦長のメニューを開き、軽く握った手を口に当てて上機嫌に悩む理香さんの横で、俺は改めてギターのボサノバが流れる店内を見回した。

床と壁、テーブルに椅子、さらにはバックバーまで、全てがウイスキー樽《だる》のようなダークブラウンで統一された、シックな空間。座っている席から近い開け放された窓からも騒ぎ声がほとんど聞こえないのは、裏通りの店である利点だろう。バーにしては随分背もたれの高い木製の椅子は、どっしり体を預けることができるし、後ろの視線を気にすることなく飲めるのも気に入っていた。

「あれ……天沢さん、かなり顔赤いですけど、ひょっとして今日依頼でした？」

「リカーミステリ・オフィス」の活動を知っている杏介が訊いてきたので、一生懸命メニューとにらめっこしている理香さんに代わって「おう」と答える。

「理香さんがばっちり謎解きしてきた」

「マジか！　今回はどんな謎？」

「あのな、杏介。前も言ったけど、一応守秘義務があるんだぞ。依頼や謎に関する話は吹聴しないように依頼人と約束してるんだから」

そうだったな、と彼はホールドアップのように開いた両手を顔の横に上げる。

「でも今日は新しいハイボールを覚えたぜ」

「おっ、何それ、教えて教えて！」

俺は「ウイスキーじゃない蒸留酒を使うんだよ、何だと思う？」とクイズ形式にして説明を始めた。

パッと見は清潔感のあるマスターの杏介だが、日頃のテンションが高いので、店も「落ち着いたオトナの隠れ家」にはなっていない。もっとも、今年二五歳になる若者らしい気さくな感じがウケているらしく、彼のファンで通っているというお客さんに会ったことも一度や二度ではなかった。

「フレンチハイボール！　面白そうだな、ちょっと作ってみよう！」

子ども向け番組でお兄さんが工作を始めるかのようなトーンで、バックバーから丸形の瓶を取り出す。「アルマニャックね」と、理香さんが補足してくれた。アルマニャック地方で作られるというこのお酒は、コニャックと並ぶ、フランスの二大ブランデーらしい。

やや前屈《まえかが》みになっている彼女は、このハイボールを飲む気満々のようだ。

「ヨーロッパじゃ、上質な蒸留酒はストレート、安い蒸留酒はソーダで割ったりカクテルの材料にしたりして飲むことが多いから、上質なものが比較的多いブランデーをソーダ割りするのは一般的じゃないんだよな。だからそんなに広まってないのかもしれない」

解説をしながら、杏介は細長いグラスに氷を入れてブランデーを注ぎ、そこに瓶の炭酸水を静かに注いでいく。クリアブルーのマドラーで混ぜて味見した後、最後にもう一度少量のブランデーを足した。

「うん、このくらいだな」

一口飲んで納得したようにグラスをその場に置いた彼は、分量を覚えたのか、新しく二つグラスを出し、同じように作っていく。やがてでき上がったのは、薄い琥珀色が揺らめき楽しそうに泡が上る、船本さんが雨宮さんに飲ませようとしたであろう一杯だった。

「じゃあキュー君、お疲れ様」

「リーちゃんこそ、謎解きお疲れ様でした」

「オレも頂きまっす」

割って入ってきた杏介と三人で乾杯し、池袋からの移動で渇いた喉に、もう一度フレンチハイボールをグッと流し込む。

「ん？　リーちゃん、これ、さっきよりちょっと苦い？」

「キュー君、良い味覚してる。アルマニャックは渋みがあるからね」

「そっか、炭酸で割ってるだけだから、ブランデーの違いがそのまま出るのか」

やや苦いとはいえ、やはりすっきりした味わいなので飲みやすい。円熟味のあるブドウの香りが際立っていて、後味までしっかり華やかだった。

「うん、ワタシはアルマニャックのハイボールも野性味があって好きかな」

理香さんに強く同意するように、杏介は大きく首を縦に振る。

「オレもこれ好きです。久登、メニューに採用決定だ！」

「またかよ」

彼は近くにあったメモ紙を取り、ふふふんと陽気に鼻歌を歌いながらボールペンを走らせた。理香さんがこれまで紹介したお酒やおつまみは、かれこれもう七、八品ほど店のメニューに追加されている。

「二人とも、食事はどうする?」

「俺はさっき結構肉食べたからなあ」

「ワタシはデザート食べよっかな」

もう一度メニューを開き、理香さんは食事のページをパラパラと捲《めく》った。幾つも並ぶデザートに弾む心を体の揺れで表しながら、「季節のシャーベット」の文字を指でなぞる。

「自家製ケーキもいいけど、今日は予算的にこっちにしようかな」

「リーちゃん、やっぱり謎解きの相談料、食事代と別にもらってもいいんじゃない？　こうやって飲み代も嵩《かさ》んでくるんだから」

パッと俺に顔を向けた彼女は、やがて静かに目を閉じ、柔らかな笑みを浮かべて首を横に振る。その動きで、Ｉｎ ｔｈｅ Ｔｏｒｃｈの名に合わせて置かれている、グラスに入ったキャンドルの炎が静かに揺れた。

「別に酒代を稼ぐために活動してるわけじゃないからいいのよ。謎解きはさ、依頼してくれた人が幸せになれば、それで十分なんだから」

ゆっくりと目を開ける理香さん。その顔に一瞬だけ憂いが覗いたのを見て、俺は「だね」と相槌を打った。

表面上は明るく振る舞っているけど、今彼女は、あの時の思い出と葛藤しているのかもしれない。

彼女の苗字が「天沢」でなかった頃の思い出と。


幼馴染の理香さんは、当時「滝野《たきの》理香」という名前だった。近くに住んでいる三つ上の、一人っ子の女の子。同じく一人っ子だった俺は彼女のことを、いつでも遊んでくれる、日中限定の本当のお姉さんのように感じていた。

大きくなっていくと、その関係も少しずつ変わっていく。俺が小学校高学年になったときには彼女は中学のブレザーを着ていたし、俺がその中学に入ったときには向こうはもう高校生。追いつけない年齢差を歯痒《はがゆ》く思いつつも、お互いそれぞれのコミュニティの中で友人や先輩後輩ができていって、会って遊ぶことは減っていく。それでも、たまに近くのファミレスで二時間も好きな漫画の話をしたり、気に入った曲のリンクを送り合ったりして、俺達の関係は緩く、しっかりと続いていた。

だがしかし、お互い安寧の学生時代を送っていた、というのは俺の思い込みだった。理香さんには高校二年生のときに、一つの転機が訪れている。

　俺自身も小さい頃に何度も会ったことのある、会社員をしていた彼女の父親が、仕事で大きな失敗をした。クビにはならなかったものの、決まりかけていた昇進の話は白紙になり、閑職に異動になった。当然ながら、彼女の父親にとっては非常に落胆する出来事。ひょっとしたら、ストレスが積もり積もった状態での、グラスから溢《あふ》れるとどめの一滴だったのかもしれない。

　彼は、それまで好きで嗜んでいた酒をがぶ飲みするようになったらしい。そして、泥酔した状態で愚痴を吐き、家族を怒鳴り、物に当たったり寝室に閉じこもったりするようになった。理香さんが好きだった、お酒の味や蘊蓄を楽しそうに語る父親はいなくなり、ラベルも綺麗な状態で保管されていた酒瓶は蹴飛ばされて床に転がった。それは理香さんにとって、どんなにショックだったのだろう。

　酒量も増えた父親は、やがて仕事も休みがちになったそうだ。生活が破綻する前に理香さんを守ろうと考えた母親は、理香さんが高三の春に離婚。理香さんは悲しみをバネに勉強に打ち込み、都内の国立大学へ進学した。

　この一連の話は、全て俺が大学に入った後に理香さんから聞いたことだ。苗字が変わったことも、母親と二人で小さなアパートに引っ越したことも、彼女は隠していた。噂が出回るのが怖かったのか、大好きだった父をこれ以上汚したくなかったのか、本人には聞いていないけど、少なくとも俺は中学生の間、彼女の変化にも悩みにも気付けなかった。毎日がしんどかったろうか。俺がする家族の話に忌避感を覚えただろうか。そんなことは露《つゆ》ほども思い出せないくらい、きっと彼女はいつも気丈に振る舞っていて、ずっと俺の「お姉さん」のままだった。

今は、理香さんの母親には良いパートナーがいるらしい。そして当の父親はと言えば、離婚のせいでさらに酒量が増し、理香さんが二四歳、今の俺の年齢のときに亡くなっている。去年が三回忌だったものの、事情が事情なので特に法事を開いたりはしていないと彼女から聞いた。

理香さんの心には大きな傷がある。でも、彼女にはもう一つ、優しかった時の父親から引き継いだお酒への愛が残っている。

「リカーミステリ・オフィス」を始めるとき、理香さんは俺に言った。

『お父さんは最後に、人を不幸にするお酒にしちゃったの。ワタシはそうなりたくない。人を幸せにするお酒っていうのを、目指してみたいな』

そうして今、彼女はその夢を目指して、探偵をやっているのだ。

「うん、美味しい。瀬戸内君、これ手作り？」

「そうです。コンポートした果肉をシロップと一緒に凍らせました」

ビワのシャーベットを食べている理香さんが、アイスクリームスプーンをぱくっと咥《くわ》え、目をギュッと瞑りながら「冷たい」と喜び交じりの叫び声をあげる。

「リーちゃん、まだフレンチハイボール残ってるのにデザート食べるの？」

「もう、キュー君、分かってないわね。ビワを肴に、ブドウのお酒を楽しむ。なかなかできないわよ、こんな取り合わせ」

「まあ確かに……」

「ビワもそろそろ旬が終わっちゃうしね。食べられて良かった」

ハイボールに少しだけ口をつけ、理香さんはリラックスするように肘をつき、グッと指を開いた両手を顔の前で合わせた。しなやかで長い指は、小さい頃から変わっていない。


両親から聞いたところに拠ると、俺が理香さんと初めて会ったのは、一歳の時の公園らしい。さっぱり記憶にないけど、父親から当時の写真データを見せてもらったことがある。そこから二十年以上。まさか彼女とこんな間柄になるなんて思いもしなかった。昔からの縁が続いてることももちろん嬉しいけど、今はそれとも違う、ほのかな緊張もある。

「それにしてもさ、さっきの謎の話で俺まだよく分かってないことがあって。船本さん、なんでこのタイミングでワイン居酒屋に行こうって提案したんだろう。理由はリーちゃんが推理したけど、きっかけがよく分からなくてさ」

「ふむふむ、なるほどね」

少しだけ顔を上げ、空中のルーズリーフに考えをまとめるように沈黙した後、理香さんは「お手上げね」と右手をヒラヒラさせる。

「ただのお付き合いよりもっと深い関係を考え始めたんだと思うけど、そのきっかけなんて、きっと何気ないことなのよ」

「何気ない？」

そう、と頷く理香さんの揺れる前髪が、長いまつ毛にサッと掠《かす》った。優しさを湛えたその目にじっと見られると、俺の視線は逸れることを忘れてしまう。

「たまたま一緒にコンビニ寄ってるときとか、部屋でテレビ見て笑ってるときとかさ。きっと船本さんはそういうときに『あ、もっと仲を深めたいな』って決意したんだと思う」

「なるほどなあ、きっかけって案外簡単なんだな」

「キュー君、恋愛の奥深さが分かってないわね」

「はいはい、どうせ未熟ですよー」

いじけたような返事をすると、杏介から「小学生か！」とツッコまれた。

いつまでも子ども扱いされるのは悔しいけど、横で大人の余裕を見せて楽しそうにからかってくる彼女を見ていたら、これも俺の特権なのかもしれない、と怒る気は薄れていく。

でも、少し前までの船本さんの気持ちは、俺にもよく分かるんだ。好きな人が相手なら、ちょっとだけ嘘をつくことになっても、一緒にいたい。

それはちょうど、本当は一週間飲まないでも平気な俺が、彼女に合わせて頻繁に飲むようになったように。

「さて、そろそろ帰り支度しないとね」

彼女は手首に巻いていたシュシュを外し、おろしていた髪をまた縛った。前髪も全部後ろに持っていって、おでこがばっちり見える、いつものアネゴ理香さんに戻る。

「……髪、おろしてた方がいいのに」

「ん？　何？」

「なーんーでーもーない」

聞こえないように、カウンターの天板に淡い本音を吐き出し、開きっぱなしになっていたメニューを閉じた。

店を出たのは二三時過ぎだったが、相変わらず街は賑やかだった。締めの食事を求めてラーメン屋に列ができ、その向かいでは四十代くらいの会社員グループが「もう一杯だけ！」と楽しそうに歩いている。

俺はメトロ、理香さんはＪＲで帰る。飯田橋は二つの駅が離れているので、いつも通り理香さんの使うＪＲの駅まで送っていくことにした。

「いやあ、今日も良いお酒だった！　フレンチハイボール、自宅でも簡単に作れるからすっごくオススメ！」

両手をパンッと合わせながら俺の前を踊るような足取りで歩く理香さん。口調も声のトーンも、謎解きをする前の彼女に戻っている。でも俺にとっては、快活でさっぱりしてるこっちの理香さんも好みで、こうして一緒に話しながら歩くのは楽しかった。

「確かに、コンビニでもブランデー売ってるしね。帰りに炭酸水と一緒に買ってくかな」

「え、今日まだ飲むの？　キュー君、あんまり飲み過ぎないようにね」

「お酒でリーちゃんに心配されたらおしまいだよ！」

すかさずツッコミで返すと、彼女は手を叩いて笑う。

いつの間にか月が雲の間に身を隠し、茫洋《ぼうよう》とした暗闇が、話しながら駅に向かう俺達と街を飲み込んでいった。

＊＊＊

今回の事件の後日談。

しばらくして、雨宮さんから連絡が来た。船本さんと話して、一緒にワイン酒場に飲みに行ったらしい。

「リカーミステリ・オフィス」のアカウントには、コンポートしたビワのように幸せを煮詰めた、彼女の返信が並ぶ。

『彼と一緒に、フレンチハイボールを飲みました。お店も思った以上に素敵なお店で』

『お二人と飲んだのも新鮮な驚きで美味しかったですけど、やっぱり彼と飲むのが一番美味しいですね』

『マンションの契約更新が近いので、同棲《どうせい》も考えてるなんて話も出てきました！』

まったく、一度火が付いたら燃えて燃えて止まらないな。

さすが、度数の高いブランデーだ。

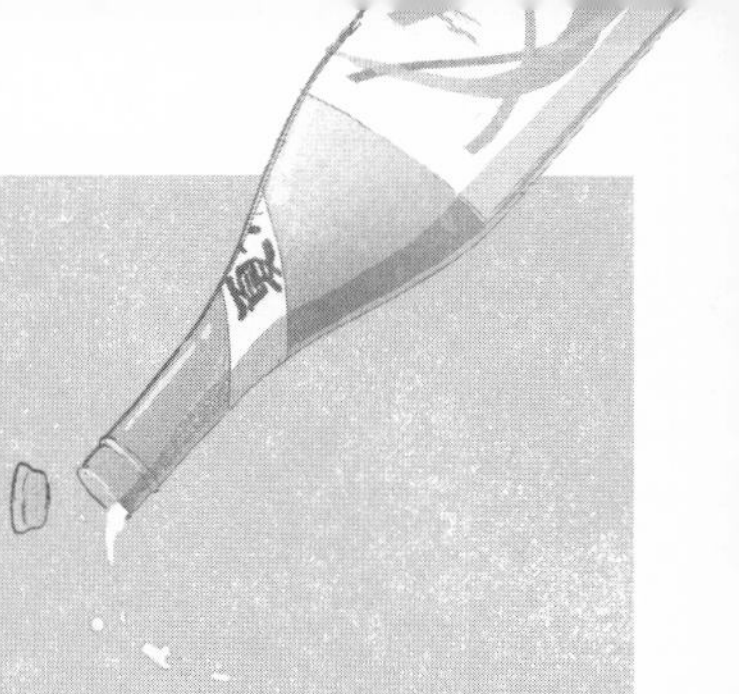

二杯目

箸置き、ときどき、大吟醸

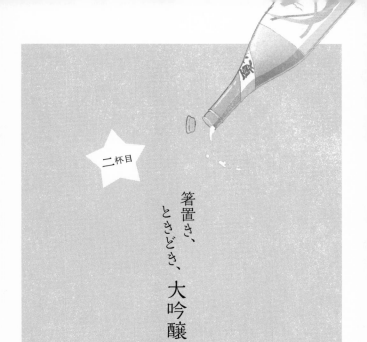

【依頼編】日本酒を教えて

「はいっ、お待たせしました。ナスとゴーヤのツナぽんサラダです！」

「いいね、瀬戸内君！　夏って感じ！」

「さすが天沢さん、分かってますね！　夏って感じのサラダにしてみました！」

「うんうん、夏だねえ」

Ｉｎ ｔｈｅ Ｔｏｒｃｈのカウンターで、夏を連呼する理香さんと杏介。そのせいか、出口とエアコンに一番近い壁際の俺の席も、気温が上がった気がする。

前回の謎解きから二週間弱経った、七月一三日の月曜日。今日はお互い仕事が早めに終わったので、二人で飯田橋のこのバーに飲みに来ている。

先週まではほぼ毎日晴天だったのでこのまま夏本番に突入かと思いきや、列島各地は雨続きで、今も線のような細い雨が降っている。幸い水害のニュースはないものの、通勤の時にはスーツにも靴にも気を遣ううえに、気温だけは例年並みの三十度超えを連発している。ジメジメとムシムシの挟み撃ちにノックアウトされ、まだ月曜の夜だというのに体はすっかりお疲れモードになっていた。

「ほら、久登も食えって。今日からの新メニューなんだから」

「おう、じゃあいただきます」

一八時オープンでまだ一八時半過ぎということもあり、店内には俺と理香さんしかいない。大皿で出されたサラダを取り分け、ナスとゴーヤをまとめて頬張る。

「おお……おおっ！　これいいな！」

夏野菜に細切れで絡むツナ。その味自体は淡泊だけど、ぽん酢が入ることでさらりと食べやすい副菜になっている。ナスやゴーヤがしっかり冷たくなっているのも、今日のような暑い日に箸が進むポイントだ。

つい驚きの叫びを口にしてしまったのは、隠れて入っていた刻み梅のせい。味ぽんの酸味とマッチして、よりさっぱり感が増す。見えないように敢えて下に混ぜていたのだろう、ニクい演出だ。

「うん、美味しい。ちぎった海苔《のり》とか散らしてもいいかもね」

「お、天沢さん、名案ですねそれ、頂きます」

近くのメモに殴り書きしようとする杏介に、「たーだーし」と理香さんは残念そうにかぶりを振る。子どもがはたきで指揮者の真似《まね》をしたときのように、ポニーテールがパサッパサッと左右に揺れた。

「ゴーヤが苦すぎ！　塩を揉み込んで苦み抜くの、十分にやってないでしょ！」

「あ、それ俺も思った。これめっちゃ苦いぞ」

「うっそ、マジで？　さっき食べたときはそんなにひどくは……ぐえ、ひどいなこれ」

自分で試食した杏介は、すぐさま口を歪《ゆが》めて近くにあったオレンジジュースを吸い込むように飲む。そして「口直しして！」と俺達二人にもジュースを出してくれた。どうやら味見の時はナスだけ食べていたらしい。

「あとはお酒ね。はい、梅酒ソーダ割のおかわりです！」

「ありがと、ほい、キュー君」

グラスを二つ受け取り、俺の方に手渡してくれる理香さん。杏介も一仕事終えたかのように満足気に梅酒の瓶を戻す。隣のスケルトンの冷蔵庫からは、日本酒の四合酒瓶のラベルが顔を覗かせていた。

この店は普通のバーとは異なり、ビールや日本酒、紹興酒《しょうこうしゅ》など多種多様なお酒が置いてある。その品揃えには、「カクテルに詳しくない人、他のお酒が好きな人でも気兼ねせずに飲みに来てほしい」という杏介の願いが込められていた。

「いやあ、夏と言えばお酒が美味しい季節だからね！」

「理香さん、それ春にも言ってた気がするけど。『桜にはお酒よね』って言って」

「あはは っ、いいのいいの、細かいことは気にしない！　ね、瀬戸内君！」

「そうです！　おおらかに飲むのが一番！」

ほろ酔いも手伝ってか、二人で大笑いしている。落ち着いたバーだと思ってお客さんが入ってきたらさぞ驚くに違いない。

髪を全部後ろに持っていってオールバックポニーテールにしている普段のアネゴ理香さんは、杏介と馬が合うらしい。テンション高くとりとめもないことを話しては、楽しそうに意気投合している。

少し前に探りを入れたところ、理香さんからは「弟みたいな感じ」、杏介からは「オレは今は仕事が恋人だ！」と聞いた。杏介には俺の気持ちも正直に打ち明けて「応援するぜ！」」と言われているので安心はしているものの、こういう光景を目の当たりにするとやはり少しだけ嫉妬してしまう。

「ちょっとごめんね」

ポーチを持って席を立つ理香さん。襟元にギャザーの入った、ややシックなラベンダー色の半袖ブラウスに、真っ白なパンツ。夏の装いで歩く後ろ姿に、思わず見蕩《みと》れてしまう。

すかさず横から、杏介の「ふっふっふ」という不敵な笑みが聞こえた。

「久登君、探偵じゃないオレにも、目で追ってるのが丸分かりですよ」

「うっさい。ったく、もっと混んでれば杏介も観察する暇ないのに。儲けも増えるしさ」

「まあ、お金はいいさ。別に何店舗も出そうとか、人をたくさん雇おうとか思ってない」

バックバーを見ながら、杏介は満足そうな表情を浮かべて目を細める。

「こうやって、楽しく店ができるならいいよ」

明るく、でもどこか寂し気に、杏介は笑う。口ひげ・顎ひげを蓄えたその顔に、全く似ていないかつての親友を重ねながら、俺の記憶は数年前に遡っていった。

小学校一年の頃からの幼馴染の男子、伊藤律季《いとうりつき》。好きなゲームのキャラクターが一緒だったことから仲良くなって、放課後よく一緒に遊んでいた。理香さんも何度か交ざって、公園で鬼ごっこなんかをしたことがある。

中学に入るタイミングで律季は埼玉県外に引っ越して疎遠になってしまったけど、時折アプリで話したりスタンプを送り合ったりして繋がっていた。

そして高校一年の律季の誕生日、久々に通話した彼から夢を聞いた。

『バーを舞台にしたドラマ見てさ、すっごく感動したんだよね！　あんなお店やってみたい。俺は決めた、将来はみんなが楽しめるバーを開く！』

フィクションを見て、その世界に憧れて、自分の夢にする。それ自体がドラマにもなりそうな話をしかし、律季は実現に向けて本気で進んでいく。高校を卒業すると上京し、専門学校で料理を勉強した。そして二十歳になるとバーテンダースクールに通い始め、お酒

について も学びつつ、バーでのバイトで経験を積んでいく。俺は県内の大学に通いながらSNSで近況を追い、情熱という名のロープで夢を手繰り寄せている彼の姿を遠くから眺めていた。

そして俺が大学卒業まで半年を切った二二歳のとき、律季は廃業する知り合いから譲り受ける形で飯田橋の路地裏の二階に「In the Torch」をオープンする。今まさに飲んでいるこの店だ。店の什器《じゅうき》や食器はそのまま受け継いで屋号だけ変えたので、費用もそこまでかからなかったらしい。店の名前の由来は、当時ホームページで何度も読んだ。

『トーチ（火）に囲まれた空間のように、温かくて安らげる場所になりたい』

律季は夢を叶えた。高校の時に描いたことを、六年間追い続けて、掴みとった。それが幼馴染として、とても誇らしかった。

でも、大学を卒業して上京しても、足を運んだのは社会人一年目の一度だけだった。

「来てくれたんだ、ありがとう！」と律季からはすごく喜んでもらえたけど、二年前の当時はそこまでお酒に興味がなかった。そしてそれ以上に、律季が随分先に行ってしまったと感じて、足が遠のいた。

なんとなく単位を取って卒業し、上京を目標になんとなく就職活動をして、慣れない新生活を始めていた俺にとって、律季は随分カッコよく見えた。ずっとゴールだけを見据えて、今はそのゴールすら出発点になった彼はトーチ以上に眩《まぶ》しくて、尊敬に羨望と嫉妬が交ざったその感情をうまく呑み込めないまま、再び疎遠になってしまった。

そのまま半年が経って、まもなく社会人二年目になろうとする春。律季と店で会うことはもう二度とできなくなった。不慮の事故で亡くなってしまったから。

お酒や料理の研究で、閉店後も遅くまで仕事をしていた彼は、真っ暗闇の深夜に帰る途中、交通事故に遭い、突然の別れになった。享年二三歳、「まだ若いのに」と通夜で何度耳にしただろう。ケンカ別れをしたわけじゃないけど、俺にとってはまたしても置いて行かれたような寂しさだけが残って、葬儀場から帰って涙交じりのお酒を口にした。

でも、自分にはやることがあったので落ち込んでばかりもいられなかった。それは、律季の店を残すこと。彼への嫉妬心などとうに消え失せていた。夢を叶えた店を、彼の情熱の塊を、潰したくなかった。

知り合いに手あたり次第連絡を取って、店を継ぐ人を探した結果、「いつか店とか出してみたいと思ってた」という大学のゼミ仲間の杏介が手を挙げてくれた。「もともとバーでバイトしてたし、チャレンジするなら若いうちだから」と仕事を辞める準備を進めつつ、独学で勉強しながら店の営業に必要な資格を取ったり届け出を出したりして、昨年夏に店は再オープンした。

店の名前はそのまま「Ｉｎ ｔｈｅ Ｔｏｒｃｈ」元々の「温かくて安らげる場所にな

りたい」という意味に加えて、「トーチ＝松明《たいまつ》の火を受け継いで絶やさない」という意味も込められている。そして今、律季と杏介、二人の想いを積み重ねたこのバーは、再オープンからまもなく一年を迎えようとしていた。

今では俺もすっかりこの店の常連だ。もちろん理香さんと一緒に飲むようになったからというのも理由の一つだけど、それだけじゃない。律季や杏介、そして理香さん。俺の周囲の人が皆のめり込むお酒の魅力、そしてお酒を飲む場所の魅力は何か、ということが知りたくなったから。そんな好奇心を刺激されながら、こうしてグラスを重ねていく。


「それにしても、久登」

「ん？」

「天沢さんとは全然進展ないのかよ」

「んっ！　んぐっ！」

しんみり回想に浸っていたのに急に俗っぽい話をされ、思わず咽《む》せてしまう。

「あのな、そんなに簡単にいかないんだっての」

「まあ普段の天沢さんは恋愛の駆け引きより料理に合うお酒選びを楽しみたいって感じだ

もんなあ」

「だよなあ」

杏介には全て話していて、良き理解者になってくれている。が、応援してくれるからといって適切なアドバイスができるかというと別の話で。

「とりあえず、向こうがベロベロになるまで酔っ払ったときに本音を聞いてみようぜ」

「その前に確実にこっちが酔い潰れるな……」

どう考えても理香さんの方が強い。俺の方が先にへべれけになって告白じみたことでも口走ったりしたらとんでもないことになる。

「なになに、何の話？」

「あ、いやいや、リーちゃんと飲み比べしたら絶対勝てないね、って言ってたの」

戻ってきた理香さんに気取《けど》られぬよう、さらりと嘘をつく。

「ちょっとちょっとキュー君、ワタシそんなに強くないって！」

「自覚ない酒豪が一番怖いよ」

「そうかなあ。さて、次は何飲もうかな」

暑そうに手で扇《あお》ぎながら、彼女は席についてお酒のメニューを捲り始めた。

「……あ」

何気なくスマホを覗いていた俺は、小さく声をあげる。ほぼ同じタイミングでお客さんが来たので、杏介はその場から離れていた。

「どしたの、キュー君」

「『リカーミステリ・オフィス』のアカウント見てたんだけど、新しい依頼来てた」

「やった！　何のお酒？」

身を乗り出して訊いてくるけど、謎や依頼人よりお酒の方が気になっているのがとても理香さんらしい。

「日本酒だって」

「ふむふむ、そしたら日本酒専門のお店で会いたいわね」

理香さんは斜め上空を見上げ、「行ってみたいところ、幾つかあったな」と指折り数え始めた。

依頼に関する条件は二つある。お酒に関わる謎であること、そして、謎の関連するお酒が飲める場所で話を聞くこと。今回は日本酒を飲みながら話を聞くことになるだろう。

「あ、リーちゃん。集まる場所なんだけど、高円寺《こうえんじ》の方に帰りやすいと嬉しいって」

依頼人からは、場所に関する要望も聞くことにしている。俺達と理香さんで自由に決めることもできるけど、例えば埼玉に帰る依頼人にほぼ反対の神奈川《かながわ》寄りのお店を指定するのも気が引けるので、依頼の際の必要情報にはエリアや路線などの希望も加えていた。

「高円寺か……あ、じゃあこの辺りでいいんじゃない？　飯田橋から総武線で二十分くらいでしょ？」

「まあこの近辺なら俺達も来やすいけど、リーちゃんの行きたいお店あるの？」

梅酒ソーダ割を飲み干した理香さんは、「うん」と上機嫌にグラスの氷をカランと回す。

「久しぶりに行きたいと思ってた日本酒居酒屋があるんだよね！　神楽坂《かぐらざか》だから飯田橋から歩けるし」

「分かった。じゃあ日時の候補決めちゃおう」

彼女にもスマホのカレンダーを開いてもらい、俺達二人が空いている日程をピックアップして、依頼人に送る。

「キュー君、サンクス！　さて、もう一杯飲もうかな」

「飲みすぎるなよ、リーちゃん」

「うん、ずっと飲み続けたいから、飲みすぎないようにするわ。瀬戸内君、注文！」

「はいはい、今行きます！」

楽しそうにメニューを見ている彼女を見ていると、無性に安心する。父親の一件で相当苦しんだはずだし、父親を憎んでいるはずだ。家庭が壊れた原因の一つであるお酒を嫌いになってもおかしくなかったはずで、こうして笑顔でお酒と付き合えているのは本当に幸運だと思う。

「久登、次はどうする？」

「ううん、滅多に飲まないから梅酒以外の果実酒飲んでみるかな」

注文した後、少し体を壁に寄せ、窓の外を眺めてみる。いつの間にか雨も止み、風に吹かれて逃げていく雲の隙間から、白く柔らかい月明りが差し込んだ。

＊＊＊

翌日の一四日、火曜日。昨日「今日はこれくらいで勘弁してやる」とばかりに去っていったはずの雨雲はまた暴れたくなったらしく、日がな一日空に居座った。大粒ではないものの、傘を差さないわけにもいかない霧雨。湿気がひどいせいで、少し外を歩くだけでも雨と汗でワイシャツが濡《ぬ》れてくる。

たまたま全員の日程が合ったので、今日一九時から、早速依頼人と合うことになった。終業後、いつもの溜池山王駅のホームで理香さんに連絡しながら南北線を待つ。昨日と同じように、家の最寄である駒込駅より手前の飯田橋で降りる予定だ。

俺と理香さんの地元は埼玉の久喜で、最寄り駅は「東京より群馬《ぐんま》の方が近い」と大学でもネタにしていた東武《とうぶ》鉄道伊勢崎《いせざき》線の鷲宮《わしのみや》という駅だ。最寄り駅といったものの、家から自転車で二十分飛ばさないと着けず、電車も一時間に三本程度しか来なかったので、学生時代は電車で出かけるというだけでちょっとしたイベントだった。それを思うと、歩ける範囲に駅が幾つもあって電車が数分間隔で来るなんて、東京はすごい街だと改めて感動してしまう。

メトロの飯田橋駅の改札を出て、Ｉｎ ｔｈｅ Ｔｏｒｃｈに行くときに使うＢ３の隣、Ｂ４が二つある内《うち》のＢ４ａ出口に向かう。これからご飯に行くのであろうゆっくりと歩くカップルを追い抜き、既にさくっと飲み終えたらしい五十代後半くらいの男性二人組とすれ違いながら階段を上がった。地上に出た途端、待ち構えているのは軽子坂《かるこざか》という上り坂。神楽坂の東隣にあるこの坂は、かつて近くの川から荷揚げされた荷物を運ぶための道だったらしい。運送する人のことを「軽子《かるこ》」と呼んだことから坂の名前が付いたと、何かの雑誌で読んだ気がする。

まだ雨が止んでいなかったので、折り畳み傘を開く。右手に低層の商業ビル、左手に家賃の高そうなマンションを見ながら交差点を左に曲がると、やがて理香さんから教えてもらった二階建ての建物が見えた。一階の立ち飲み屋の横にある階段を使って二階へ上る。

「いらっしゃいませ」

「えっと、一九時から予約していた進藤です」

予定時間の十分前に到着し、先に店に入る。ドアを開けて覗いた店内には、中央に日本酒を冷やしている酒棚とコンパクトな厨房があり、それを囲むようなロの字型のカウンター席が用意されていた。白木にニスを塗ってツヤのある色合いになっているそのカウンターから少し離れたところに二席だけテーブルが置かれていて、満員でも三十人くらいしか入れなさそうなこぢんまりしたお店。既にカウンターには七、八人ほど座って静かに飲んでいる。店内には八十年代のポップスが絞った音で流れていて、雰囲気の良い、静かな日本酒居酒屋だった。

「三名様ですね。お連れ様は……？」

「時間までには来ると思います」

「では先にお席ご案内しますね」

店員が、ロの字型カウンターの一部、蝶番《ちょうつがい》になっている部分を上げ、厨房から出てテーブルに案内してくれる。一枚板らしい木製の横長のテーブルは奥の長辺が壁にくっつけられていて、向かい合わせではなく並んで座る形になっていた。

木製のバインダーに数枚の紙が挟まっているタイプのメニューをパラパラと見てみると、書かれている日本酒は十種類ほどだが、振り返ると目に入る酒棚には明らかにそれ以上の品数が冷やされている。メニューにないものを頼んだりオススメされたりするのが楽しい店なのだろう。

といっても日本酒の知識はほとんどない。ここはやはり、本日の主役である探偵を待ってから注文――

「やっほい！　お待たせ！」

いつも通り髪を縛っておでこもばっちり出している理香さんがハイテンションで入ってきた。久しぶりに念願のお店に来られたのが嬉しいのだろう。

今日の装いは、五分丈くらいのVネック白カットソーにダークグリーンのタイトスカートだ。靴はベーシックな黒のヒールパンプスで、普段よりも「きっちり感」が出ている。社内会議でもあったのかもしれない。

「ごめんね、駆け込みで仕事来ちゃって。待たせちゃった？」

「いや、俺もちょうど着いたところだよ。リーちゃんも急な仕事お疲れさま」

「それなら良かった。先にお料理チェックしよっかな」

一緒にメニューを見ながら横目でSNSを覗くと、一通のダイレクトメールが来ていた。

「どしたの、キュー君？　依頼人から？」

「あ、うん。十分くらい遅れそうだって」

それを聞いた理香さんは、待ちきれない様子で「じゃあ先に飲んでよう！」と上半身を揺らす。

「キュー君は一杯目から日本酒にする？」

「いや、ビールにしようかな」

「じゃあ私は……うん、これにしようかな」

理香さんは店員を呼び、メニューを捲りながらビールと日本酒を頼んだ。彼女がメニューに載っているオーソドックスなお酒を注文するなんて、少し意外ではある。

「珍しいね、リーちゃん。こういう店だと、店員さんにオススメ聞いてメニューにないもの頼むことが多いのに」

「ああ、そのお酒、お父さんが昔よく飲んでたヤツでね」

どこか照れくさそうに、そして悲しそうに微笑む理香さんの「お父さん」という言葉に、体がビクッと反応してしまう。一抹の不安が、頭を過《よぎ》った。

程なくして、お通しのヤングコーンの白和えと、細めのグラスに注がれたビール、そしてお猪口《ちょこ》より少し大きめの酒器に注がれた日本酒が運ばれてきた。「ぐい呑みっていうのよ」と説明する理香さんが、お酒が零れないようにそっと持ち上げたので、俺もグラスを持って静かに乾杯をする。

理香さんがスッと日本酒を口に含んだ、次の瞬間だった。

「…………ぐうっ……………！」

「リーちゃん！」

蛍光灯の白色に染められたのかと思うほど、理香さんの顔から赤みが抜けていく。テーブルに左肘をつき、俺が急いで渡したおしぼりを取って店員に見えないように壁の方を向きながら口元に当てた。

記憶の、トラウマのフラッシュバック。飲んでいるときの彼女は、ごくたまにこうなる。酔って叫んで暴れた父親と、怯《おび》えるように一緒に逃げながら母親と過ごした悲しみの日々を脳内で呼び起こし、大好きなお酒を体が受け付けなくなる。

「ごめんね、せっかくの乾杯だったのに」

悲しさを湛えながら無理に笑おうとする彼女に、胸の奥がキュッと痛くなった。

「お父さんが好きだったお酒だったからかな。思い出しちゃった」

「リーちゃん、無理に飲むことないからね。日をずらしてもいいし」

理香さんが小さい頃から「近所にいる面倒見の良いお姉さん」だったからこそ、こんな風に弱っているところを目の当たりにすると心配が募る。自分にしてあげられることはほとんどないと分かったうえで負担を和らげる提案をすると、彼女は黙って首を振った。

「ありがと、キュー君。でも今日はもう大丈夫。飲みたいお酒もあるしね！」

最後に声のトーンを上げて、パンッと両手を叩く。それは、自分の中にある過去と現在のスイッチを切り替える合図のようだった。


その後、店員を呼んで追加のおしぼりをもらい、残っているお酒で乾杯をやり直す。理香さんは今度は無事に飲めたようで「美味しい」と安堵交じりに吐息を漏らした。

そのままゆったり過ごしていると、まもなく依頼人が到着予定と言っていた時刻になる。

「あ、リーちゃん、あの人かも」

一九時十分ちょうどに、身長一六十センチ台後半くらいの男子が入ってきた。俺と同じく黒髪だけど、向こうはかなり短くしてワックスで立てており、サイドをしっかり刈り上げているため、清潔感のある好青年という印象が漂っている。

「こんばんは、依頼した安城《あんじょう》祐介《ゆうすけ》です！」

白シャツにネイビーのパンツでテーブルまで足早に歩いてきた彼は、座る前にハキハキと気持ちのいい挨拶で一礼する。顔付きを見るに、同い年くらいだろうか。ノーネクタイの俺と違い、青を基調としたマルチストライプのネクタイをキリッと締めていて、若手の営業というイメージが一気に膨らんだ。

「安城君ね、よろしく！　探偵の天沢理香です！」

明るい声で挨拶する理香さん。空元気で振る舞っているのではなく、好きなお酒を飲めて本当に復調したようだ。

「連絡係やってた進藤久登です」

「天沢さんに進藤さんですね、この度はよろしくお願いします！」

「まあまあ、そんな硬くならずに、ほら座って座って！」

理香さんが大きな声で着席を促し、俺が真ん中、左に理香さん、右に安城さんという並びでテーブルに座る。理香さんも安城さんも、この落ち着いたお店に似合わないほど快活に話していて、そのギャップが面白かった。

「雰囲気の良いお店ですね。オレ、神楽坂って一回しか来たことないので嬉しいです」

「でしょ？　雰囲気いいよね」

首を伸ばしてカウンターを覗く安城さんに、理香さんが嬉しそうに相槌を打つ。年下だろうと判断したらしく、タメ口になっていた。

「久登君、お店の手配してくれてありがとね！」

「あ、いえいえ。理香さんが良い店知ってて助かりました」

愛称もタメ口もすぐにやめて、「人前での二人」に戻る。急な他人行儀がおかしかったのか、彼女はククッと口角を上げた。スッと通った鼻筋にシャープな顎、薄く引いたリップでツヤの出ている唇、改めて見ても、理香さんは綺麗だ。とはいえ、ギュッと後ろにまとめて縛ったヘアスタイルとテンションの高い口調のせいでアネゴキャラが全面に出すぎてしまっていて、顔立ちなんて特徴は今は陰に隠れている。

「天沢さんは、結構頻繁に依頼を受けてるんですか？」

店員が水と一緒に持ってきてくれたおしぼりで手を拭きながら、安城さんが理香さんに話を振る。

「んー、そんな頻繁でもないよ。今日も二週間ぶりくらいかな。この前のは……ハイボールの謎解きだったわね。そういえば久登君、あの後も悠乃さんからちょくちょく連絡来てるんだって？」

「そうなんですよ、大変ですよもう。船本さんからもＳＮＳフォローされて『悠乃がお世話になりました』『今は二人とも幸せなので！』『今度、謎解きで使った肉バルにも行ってみます』って二人からお礼と続報の皮をかぶった惚気が飛んできます」

「うはは、それはご苦労様ね」

ケタケタと楽しげに手を叩く彼女に、「笑い事じゃないですって」と思わず頭を掻いた。

「さて、ワタシ達は先に乾杯しちゃったんだけど、飲み物頼んじゃおう！　二人とも、日本酒でいいかな？　味の好みとかあれば参考にして選ぶわよ」

彼女の質問に、俺達二人は同時に首を振る。俺が「よく分からないから理香さんのオススメお願いします」と言うと、安城さんも「オレもそれで！」と返事し、両手を開いてどうぞどうぞとばかりに手のひらを上に向けた。

「じゃあせっかくだから最近出てる旬のお酒を飲もうかな。ちょっと見てくるね」

そう言って席を立ち、カウンターの中にある酒棚を覗きに行く。少し遠くからでも、彼女が嬉しそうにお酒を吟味しているのが分かった。

棚の手前のシンクで洗い物をしていた女性の店員が彼女に気付き、幾つかの瓶を取り出して紹介し始める。

「あ、そっか、もう夏酒がピークの季節ですよね！　じゃあそのジュンダイと……あとそっちのホンジョウゾウの辛口を二合ずつください」

理香さんは何やら呪文のような言葉でお酒を注文し、併せて料理も数点頼んでテーブルに戻ってきた。

「謎解きはワタシがやるけど、久登君は探偵助手みたいなものだから、一緒に聞いててもらうわね」

「いつ俺が助手になったんですか」

「まあまあ、幼馴染のよしみってことでさ」

「それは俺が自《みずか》ら助手を買って出るときに自分から言いたい台詞です」

俺達の丁々発止《ちょうちょうはっし》を聞いていた安城さんが、プッと笑いながら頬を緩める。

「なるほど、会話の息がぴったりだと思ったら、幼馴染なんですね」

「ワタシの方が三つ上なんだけど、付き合い長いからね。安城君は幾つなの？」

彼女の質問に、安城さんは水を飲みながら「今年で二五です」と答える。

「新卒で三年目ですね、まだまだ新米です」

「あっ、じゃあ久登君と一緒か！　って、ワタシの年がバレちゃうね」

理香さんは大きく口を開けて高笑いする。ノリが軽くて、とてもこれから理知的に謎を解く名探偵には見えない。

安城さんも調子を合わせて破顔しているけど、その表情には微かに「本当にこの人が探偵なのか？」という幾許《いくばく》かの懐疑が見て取れた。

「安城さんは会社員ですよね？」

「そうです。印刷系のメーカーで営業やってます」

俺も雑談しようと質問してみると、予想通り営業職だった。ただ、所謂《いわゆる》「体育会系」的な暑苦しい元気さではなく、明るさと直向《ひたむ》きさが表情や態度に出ている。一緒に飲んだら話が弾んで仲良くなれそうだ。

「進藤さんも会社員なんですか？」

「ええ」

彼のお返しの問いかけに、俺が鞄《かばん》から名刺入れを出そうとすると、彼も慌てて鞄を漁《あさ》る。会社員同士、この人脈がどこでどう活きるか分からないので、二人で立ち上がって名刺交換した。

「イージーエクスペンス……あ、ウェブ広告見たことありますよ！　経費精算とか交通費の申請を簡単にできるヤツですよね？」

「はい、今はまだベンチャー企業向けのシステムですけどね」

うちの会社は経理向けのクラウドシステムを販売していて、俺はカスタマーサクセスという部門にいる。単に操作の質問や不具合の連絡を受けつけるのではなく、使用方法の説明動画を準備したり、オンライン会議で改善要望を募集したりする、一歩先を行く「お客様窓口」役だ。

「でも進藤さん、三年目って結構大変ですよね。新人扱いも終わりだし」

安城さんが眉尻を下げながら話を振ってきた。共通項から話題を広げていくトークスキルは、さすが営業という感じだ。

「ですね。自分の得意領域を作らないと、って焦ったりします。安城さんのところ、辞める人とかいますか?」

「いますいます、もう同期で三人辞めました。自分も一応転職サイトは登録してますけど、今の会社で学べることは学びたいんで、社内研修に色々出てますね」

そうだよな、まだ三年目だけど、慌ただしく日々が流れていくから、あっというまに七、八年目の中堅社員になってしまいそう。先を見据えて今を過ごさないといけない。

と、理香さんが突然、小さく流れているポップスを掻き消すボリュームで「来ました!」と指をパチンと鳴らした。

「お互いの挨拶も終わったところで、ちょうどお酒も到着ね!」

狙いすましたかのようなタイミングで、やや大きめ、ワインボトルくらいの大きさの酒瓶二本と、湯呑に注ぎ口が付いたような形状の片口と呼ばれる酒器、そしてガラス製のお猪口が運ばれてきた。一人あたり二つのお猪口があるのは、味が混ざらないように別々の器を使ってほしいという日本酒専門のお店らしい心遣いだ。

男性の店員が慣れた手つきで片口に日本酒を注ぐ。とぎれとぎれに空気が瓶の中へ入り、ちぎれた空気が泡になってトットットと音を立て、飲みたい欲を否が応でも刺激されてしまう。

ラベルを見ながら味わえるようにという配慮なのか、店員は「しばらく置いておきますね！」とどちらの瓶もテーブルに置いていってくれた。

「どっちも綺麗な色ですね！　日本酒っていうと茶色の瓶のイメージでした」

左手で底を支えつつ、細くなっている首の部分を右手でくるりと回転させながらまじまじと瓶を見つめる安城さん。彼が持っているのは透き通るブルー、テーブルに置いてあるもう片方はインテリアにもできそうな無色透明のクリアボトルだった。

「確かに。俺も茶色とか緑色の瓶をよく見る気がする」

「それはね、紫外線対策なの」

理香さんがクリアな瓶を持ち、下部を爪でカンカンッと弾きながら解説を始める。

「日本酒は紫外線を当てると著しく劣化するの。ガラス瓶の中では茶色や緑色があんまり紫外線を吸収しないって研究結果が出ていて、そこからこの二色が増えたのね」

「え、じゃあ天沢さん、なんでこの瓶は……？」

「ふふっ、当然そう思うわよね、安城君。これは夏酒って呼ばれる、この時季限定で酒蔵が出してるお酒なの。こういう色の方が見た目にも涼やかでしょ？　それに、季節ものってことですぐに飲み切る前提だから、紫外線はそこまで気にしないってことね」

なるほど、確かにこういう色の方が夏を感じられて良いな。

「そういえば理香さん、さっきジュンダイって言ってたけど、あれは何のことですか？」

「ああ、純米大吟醸《じゅんまいだいぎんじょう》の略よ」

「出た、なんかすごそうなお酒！　前にも理香さんから聞いた気がする」

説明を受けたはずだけど、その時に飲んだ日本酒と一緒に流し込んでしまったらしい。

俺が覚えていないことを察した理香さんは、片口に入った日本酒が波立つかと思うほど大きく溜息《ためいき》をついてみせる。

「まったく久登君、こういう知識を覚えるときこそ受験勉強で培った記憶力を活かす絶好の機会なのに」

「そんなスキルはとっくに錆《さ》びました！　もう英単語すら思い出せないです」

俺のツッコミに笑顔を見せながら、彼女はグッと身を乗り出し、俺の後ろの安城さんに声をかける。

「安城君はお酒は好きなの？」

「はい、でも日本酒はたまに上司の付き合いで一口飲むくらいなんで、よく分からないですね。せっかくなんで少し覚えてみたいです！」

そう言って、彼も興味津々な表情でグッと体を前に傾ける。店内に少しずつお客さんが増えてきて室温も上がっており、三人とも目の前にある冷たい誘惑に我慢ができなくなっていた。

「じゃあ、飲みながら説明するわね。タイプの違う二種類を頼んでみたから、それぞれ味わってみましょう！」

カットソーの袖を捲《まく》るような仕草をして「よし！」と気合いを入れた理香さんが、天板を滑るように腕を伸ばす。まずは「本醸造酒」と書いてある、青いボトルの中身が入った片口を手に取り、口が細くて背の高いガラスのお猪口に注いでいく。切子細工など模様の入っていないシンプルなデザインの分、酒の色や表面の泡までよく見えた。

「ほら、ラベルの裏に精米歩合《せいまいぶあい》六十パーセントって書いてあるでしょ？　これは、お米の四十パーセントを削って、六十パーセント残してるって意味よ」

「あ、なんかそれ、理香さんに教えてもらった覚えがあります。お米の外側は雑味が多いから、外側を削るんですよね」

「そうなの。磨く、とも言うわね。磨けば磨くほど香りも良くなるけど、その分手間もかかるわ」

手間がかかるということは、値段も上がるということ。工芸品でもお酒でも、質の良いものは高くなるのだ。

「じゃあ乾杯。安城君、今日はよろしくね！」

「乾杯！　よろしくお願いします！」

三人でグラスをぶつける。カチンカチンと、透明感のある音がテーブルの上に響いた。

「まずは二人とも、香りから確かめてね」

お猪口を持ち上げて表面に鼻を近づけると、濃密な香りを感じられる。

「すごい！　なんだろう、つきたてのお餅みたいというか……」

「お、久登君、良い嗅覚ね。そのまま飲んでみて」

スッと一口啜《すす》るように飲むと、少しとろみのある舌ざわりで、一気に口の中が日本酒になる。やや辛口だけど、単純な辛味だけではない、ふくよかでまろやかな味わいがぶわっと広がった。

「うん、ずっしり『お米』って感じだ」

「あ、進藤さん、分かります！　お米から作ってることがよく分かる味ですね」

俺と安城さんの感想に、理香さんは満足そうに数度頷き、自分のお酒を飲み干した。

「『日本酒』って聞いてみんなが思い浮かべる味に近いと思う。おかずでご飯を食べるようなものだから、塩辛とかカニ味噌みたいな、典型的な酒の肴が合うわよね。ほら、アレともきっと合うんじゃないかな」

ちょうど良いタイミングで店員が「お待たせしました！」と持ってきたのは、ざく切りにしたキャベツとホタルイカの小鉢料理だった。

「ホタルイカの共和《ともあ》えです」

「ありがとうございます！　これ、さげて大丈夫です」

理香さんは目を輝かせながらその小鉢をテーブルの真ん中に置き、夏酒の瓶を店員に渡した。

「共合え……って何ですか、天沢さん」

「おっ、安城君、お姉さんが教えてあげましょう」

彼女は嬉しそうにコホンと咳払いする。そして手の大きさの割にすらりと長い人差し指をスッと立てて、解説を始めた。

「和える材料と和え衣《ごろも》を同じ食材から取るのを共和えって言うのよ。あ、和え衣っていうのは混ぜる調味料のことね。このホタルイカとかあんこうを肝で和えたものが多くて、『肝和え』って呼んだりするわ。あとは鯛《たい》とか鮒《ふな》をその魚の卵で和えた『親子和え』もあるわね」

「へえ、初めて知りました」

「じゃあ俺、早速一口頂きます」

香ばしい匂いに誘われて我慢できなくなってしまい、塗り箸でイカとキャベツを小皿に移し、ゆっくりと口に運ぶ。

「……うまっ！」

絶対に美味しいと予想しつつも、口に含むと声が出てしまった。イカの身をワタ《内臓》を混ぜた味噌で和えたこの一品は、コクのあるワタの味がクセになる。ホタルイカだけだと味が濃厚すぎるところを、キャベツを一緒に食べることで程よいバランスになり、さらにザクザクッとした噛み応えのある食感が加わる。

「どう、安城君？」

「美味しいです。味も好きなんですけど、めちゃくちゃお酒に合いますね！」

安城さんはグラスのお酒をキュッと音を立てて飲み、目を見開く。俺が「分かります」と言いながらお酒を注ぎ足すと、すぐさま彼も俺の少しだけ残っているグラスに注ぎ返してくれた。

食べ終わった後に日本酒を飲むと、口の中に残る生臭さを上手に中和してくれる。さらにお酒本体のしっかりしたお米の味わいが、もう一口の肴を呼ぶという相性の良さだった。

「うわー、料理もお酒も美味しい！　幸せだなあ！」

背もたれに寄りかかり、幸福を空気中に撒《ま》くかのように、理香さんが上を向いてほうっと息を吐いた。お酒で少し酔ったのか、暑そうに首を振って、ビターな茶色の後ろ髪をパッパッと揺らしてから体勢を戻す。

「純米大吟醸についてはもう少ししてからね。じゃあ安城君、事件について話してくれる？　小さなことでもいいから、できるだけ詳細に！」

「はい。まあ事件というほどでもないんですけど……」

安城さんは、口の内側から舌で頬を押しながら、今回の「謎」を話し始めた。

【事件編】彼が買ってきたもの

「さっきも話した通り、自分は印刷系のメーカーに勤めてます。印刷系って言っても、出版物や包装だけじゃなくて、ＩＣカードや太陽電池も手掛けているので、会社も大きくて同期もそれなりにいます。

　で、この前の土曜日、会社の同期の男子五人でオレの家で宅飲みをすることになったんです。部署もバラバラなんですけど、研修の時に一緒のチームで仲良くなったんで、未だに付き合いあるんですよね。みんな、家に貰い物の酒とかあるっていうから、それを持ち寄ってもらえばお金もかからないですし。家に幾つかボードゲームやカードゲームがあるんで、飲みながらそれをやろうってことになりました」

　彼の話を聞きながら、春に大学の同期とやった宅飲みを思い出す。気の置けない仲間と雑談しながらお酒を飲んでゲームをするのは、最高の休日の過ごし方だ。今度また親友を誘ってみよう、と思いながら、安城さんの話に再び耳を傾けた。

「ちなみに、その中に西畑巧《にしはたたくみ》って同期がいて、彼が今回の話の中心になるヤツなんです。かなり控えめなキャラで、こういう飲み会とかむしろ来なそうなタイプなんですけど、『オッケー』って即レス来て嬉しかったですね。他のメンバーも都合ついて、チーム全員集まれることになりました。

それで、土曜日の当日、まずは駅に集合してコンビニで買い出しすることになりました……あの、こういう細かいところも話した方がいいですか？」

「うん、お願い。何が推理の手がかりになるか分からないからね」

ホタルイカとキャベツを自分の皿に取り、手を伸ばしたせいで少しずれたカットソーの肩を直しながら、彼女は「続けて」と安城さんに促す。

「えっと、それじゃ……コンビニに行く途中、どんなお酒を持ってきたか話してたんですけど、ほとんどが日本酒だったんですよね。お祝いで貰ったり、友達と宅飲みしたときに買ったけど開けなかったりして、家に置きっぱなしになってたみたいで。で、日本酒ならどんなつまみが合うかなって話をしながらコンビニに入りました」

なるほど、今回の「お酒に纏わる謎」が日本酒だったのはそういうわけか。

「同期の古川《ふるかわ》ってヤツとかとバカ話をしながら選びました。普段は結構頭のキレるヤツなのに、アイツが『何食べる？　ピザとか？』なんて変な提案してきたんで、『日本酒にピザって！』とかツッコんだりして。

あとは……そう、西畑、西畑巧とも話しましたね。

『川海老の唐揚げとかいいんじゃないかな。ほら、これ』

『おおっ、巧、なんか渋いな』

『好きなんだよね。あと燻製のチーズとかもいいと思うよ。ちょっとレンジで温めてクラッカーに載せて食べたり』

普段は連絡しても素っ気無い返事がくるんですけど、こうやって話してみると、意外と酒飲みな一面が見えるなあとか思ったりしましたね。

でも結局、さっき名前出した古川ともう一人が『やっぱり俺レンジでチンするヤツでいいからピザ食べたい！』って盛り上がったんで、ピザ&日本酒パーティーってことになりました。みんな爆笑しながら結局誰も止めなくて。バカ男子グループって感じで楽しかったですね、へへ」

そこまで聞いた理香さんが、「ちょっとごめんね」と話を遮る。

「ヒントになるかもしないから確認させて。西畑君の希望のおつまみは買ったの？」

「ええ、はい。好きにカゴに入れていいことにしてたので、川海老の唐揚げとか燻製チーズを買ってましたよ」

「なるほど。それにしても良いチョイスね。西畑君とは良いお酒が飲めそうだわ」

クッと日本酒を呷った理香さんは、軽く背筋を伸ばし「じゃあ買った後の話を聞かせて！」と聞く体勢に戻った。

「土曜を思い出してもらえば分かると思いますけど、まあ暑い日でしたよね。まだ午前中なのに軽く三二、三三度を超えてる中で、必死でマンションまで歩きましたよ。

あとは……そうだ、ここでも同期と話しました。

『これからもっと暑くなるの、地獄だな』って古川が言ったら、西畑が『海とか行きたくなるね』って言ってたの、なんか印象的で覚えてます。海に遊びに行くようなキャラに見えなかったから驚いたんですよね。

そのあとは何話したかな……あ、西畑と二人で並んで歩いてるときに、アイツの高校時代の話を聞きました。

『試験とか終業式で半日授業のときは、海パン持っていって学校帰りに川で泳いだりしてたよ』

『マジで！　西畑の学校すげーな！　でも確かに、海や川が近いと水着持って学校行くって、サークルの先輩でもそんなこと言ってた人いたなあ』

『海もあるけど、川の方が近かったんだよね。うちの地元は相当暑いから、よくそうやって涼んでた』

そこで川遊び好きの同期が俺も俺もって交ざって一気に話盛り上がったんで、二人で話すのは終わったんですけどね。自分の率直な感想は、西畑って思ったよりよく話すなあってことでした。もともと五人で集まってもあんまり自己主張しないタイプだったんですけど、あの日は何かテンション高い感じでしたね。

ただ、今思うと、半年ぶりくらいに集まったし、西畑は同期がいない調達部門の所属なので、久しぶりにみんなと話ができて嬉しかったのかもしれません」

そこで安城さんは一息入れ、お猪口の酒を干した。「美味しい」と呟くように感想を漏らすと、すかさず理香さんが「だよね！　はい、おかわりどうぞ」と嬉しそうな表情で彼の器に片口をゆっくり傾ける。

テーブルの後ろを振り返ると、いつの間にか狭い店内はほぼ満席となっていた。少しだけ残業して飲みに来た人と、早めに飲み始めて二軒目に入る人が交ざる時間帯だからだろうか。三十代、四十代のスマートなカップルも数組カウンターに座り、店員からオススメを聞きながら注文している。

「そうそう、安城君も久登君も、〝和《やわ》らぎ〟飲みなね」

「和らぎ？」

首を傾げる俺と安城さんに、彼女は先ほど店員が運んできたカラフェと呼ばれる水差しを手に取る。

「和らぎ水とも言うわね。洋酒でチェイサーとして水を飲むのと同じようなものよ。口の中をリフレッシュすることもできるし、深酔い防止にも役立つから、今日みたいに平日飲むときは必須よ」

「そっか、水も一緒に飲むと酔いにくいんですね」

「そうなの。ほら、久登君も飲んだ飲んだ！」

世話焼きなお姉さん全開で、置かれていた俺のコップに縁ギリギリまで水を足した。そういえば、日本酒一合に対して水をコップ一、二杯飲むと良いって、前にネットの記事で目にしたな。

その後すぐ、和らぎを飲んだ安城さんが「それじゃ、続けます」と胸の前で小さく手を挙げ、事件の話に戻る。

「コンビニで買い物した後は、家に着いて飲んだだけなんですけどね。

とりあえずは買ってきたピザをレンジで温めて、そのピザと乾きもので乾杯ってことになりました。紙コップとか皿の準備は西畑が率先して手伝ってくれたんですけど、並べ方も綺麗だし、几帳面だなあって思いながら見ていました。

で、乾杯してからしばらくは……うん、そんなに大したことは起きていないんです。まずは同期女子の噂話とか上司の愚痴とか、最近行った合コンのエピソードなんかを一通り話しましたね。そのあと、テレビのチャンネル回してたら、BSでサッカーのスペインリーグの試合やってて、そのまま全員で見たんです。サッカー部出身が二人いたし、かなりの好カードが二戦連続放送だったんで、どっちも最後まで観戦しました。さっき話した通り、本当はボードゲームとかやろうと思ってたんですけど、結局サッカー見た後はまったり雑談って感じで、みんなで夜まで話して解散しました」

安城さんの回想を聞きながら、思わず深く頷いてしまった。宅飲みとサッカーの相性が良いというのはよく分かる。シュートのときは叫んで盛り上がれるし、ゴールしたときには全員でハイタッチ。何より、チャンスのシーンは沸き起こる歓声ですぐに分かるので、それ以外はそこまでテレビに気を留めずにおしゃべりすることもできる。スポーツバーのような感じで、手軽にエキサイティングな空間を楽しむことができるのだ。

しかし、話を聞いている限り、特段謎になりそうな部分は見当たらない。ちらと目を合わせた理香さんとアイコンタクトして首を傾げていると、その疑問を見透かしたかのように、安城さんが「問題が起きたのはサッカーの途中でした」と口を開いた。

「一試合目の途中で、ピザもすっかりなくなったし、乾きものにも飽きたんで、買ってきた総菜とか漬物を出すことになったんですよね。それで、一応オレの家に人数分の塗り箸はあったんで、『これ使ってくれ』って五膳出したんですよ。そしたら西畑が『あ、これも使っていいよ』って出してくれたんですよ」

「出してくれた？　何を？」

「箸置きです、」

訊いた理香さんが、お猪口を持ち上げようとした手を止める。そしてそれは、ホタルイカをつまもうとしていた俺も一緒だった。

「陶器の箸置きで、花火、おかめ、ひょっとこ、あとは確か……祭って書いてある法被《はっぴ》と……提灯《ちょうちん》だったかなあ。花火の色合いがすごく綺麗で、あとひょっとこは結構大きかったんでなんとなく覚えてるんだけど……とにかく、そういう夏祭りっぽい感じの五種類の箸置きを、カバンから出してテーブルに置き始めました」

自分の経験に置き換えてみると、西畑さんの行動が如何《いか》に不思議か理解できる。俺も友人の家で宅飲みする際に、手土産としてお酒を持って行ったり、行きがけにつまみを買ったりすることはあるものの、食器を持っていくことはない。せいぜい使い捨てのプラスチックコップがいいところだろう。だけど彼は食器、しかも箸置きだけを持って行ったなんて、理由がまるで想像ができなかった。

「確かにうちには箸置きはなかったんですけど、まさか用意してくると思わないじゃないですか。さすがにオレもびっくりして、それとなく聞いてみたんですよ。

『西畑、なんでそんなもの持ってきたんだよ』

『昨日百均行ったときにたまたま見つけてさ。夏シリーズってことで色々揃ってたんだよ。可愛かったし、ぴったり五種類だったからちょうどいいなって』

『え、それでわざわざ買ってきたのか!』

『そうそう。あ、でもあげないよ？　ちゃんと返してね』

『いや、もちろん返すけどさ』

その後はもう、サッカーも面白い展開になってきたんで、他の同期もツッコまないし、この話題はそれで終わったんですけど、冷静に思い返してみても、なんでアイツが箸置きを持ってきたのか、今一つ分からなくて……それで『リカーミステリ・オフィス』に連絡しました」


何とも奇妙な彼の話は、そこで終わった。理香さんはどんな表情で悩んでいるのかと見ると、これまで飲んでいた片口に僅かに残った日本酒を手酌でお猪口に注いでいた。そしてぐうっと一口で呷り、タンッとテーブルに叩きつける。

「うん、面白いわね！」

話に夢中で気付いていなかったけど、知らぬ間に手酌でちょこちょこ飲んでいたらしい。彼女の頬はやや赤みを帯びており、テンションもより高くなっている。

「なんで箸置きを買って持ってきたのか、ね。理由があまりにも謎すぎるわ」

「あの、理香さん。西畑さんが言ってた通りって可能性はないんですかね？　可愛かったから全種類買って安城さんのところまで持ってきたっていう」

俺の質問に、彼女は真顔のままキュッと眉を上げ、目を瞑って首を横に振る。

「多分ないわね。可愛いのは買う理由にはなっても、持ってくる理由にはならないから」

「でも、安城さんの家には箸置きがなかったから……あれ？」

俺もそこまで口にして、彼女がそう言い切れる理由がようやく分かった。

「そうなのよ、久登君。安城君の家に箸置きがあるかどうかなんて、西畑君は知らなかったはずなの」

理香さんの指摘を聞いて、不可解さを再認識するように安城さんも頷く。

確かにそうだ。箸置きがないと知っていたならまだ分かるけど、あるかどうかも分からないのに持っていくなんて。しかも、箸は持っていかずに箸置きだけ。百歩譲って可愛いものを見せたかったのだとしても、写真を見せれば十分なはず。実物を持って行くのは、やはり違和感がある。

「それじゃあ推理……の前に二人とも、大事なことを忘れてたわ！」

「何ですか、天沢さん？」

急に声のボリュームを上げた理香さんに、安城さんは何か質問が来るのかと身構える。

「理香さん、大事なことって？」

「ジュンダイよ！」

「……はい？」

全くもって記憶の埒外《らちがい》に置かれていた単語を口にした彼女は、テーブルの奥に置いておいた手を付けていない方の片口をいそいそと手前に引き寄せて、表情豊かににんまりと笑った。

「純米大吟醸っていうのは日本酒の種類の一つね。純米大吟醸って名乗るためには、三つの条件があるの」

呆気《あっけ》にとられたような表情を見せる安城さんと、笑いを堪《こら》える俺。こんな不思議な話を耳にした後でもお酒愛が止まらず、俺達に説明してくれようとするのが理香さんらしい。

「覚えておけば、酒好きの上司と仲良くなれるかもよ」

「いいですね！」

「覚えます！」

多少酔いが回っているせいか、俺も安城さんもすぐに口車に乗せられ、ガタッと椅子を揺らしながら威勢よく応じる。

「まずは、さっき話した精米歩合が五十パーセント以下、つまりお米の外側半分以上は削って雑味をなくしてるっていうことね。次に発酵のときに『吟醸造り』って呼ばれる造り方をしてること。香りがより強く出るように特別な酵母を使ったり低温で発酵したりするの。ここまではいい？」

安城さんと一緒に「大丈夫です」と返事する。たくさん削って低温でじっくり醸《かも》す。手間がかかっている良いお酒だというのは分かった。

「最後に『純米』ってところね。つまり米と、米に菌を繁殖させた麹《こうじ》だけで造ったお酒であること」

「え？　天沢さん、日本酒ってお米から作ってるんですよね？　他に何か入ることがあるんですか？」

彼の問いを待ってましたとばかりに、理香さんはスンッと鼻を鳴らした。

「醸造アルコールっていう濃いめの焼酎みたいなものを入れる日本酒もあるのよ。さっき飲んだ夏酒も、本醸造酒って呼ばれる醸造アルコールが入ってるお酒なの」

「お酒を造るのにお酒を混ぜる……？」

あれ、この話、最近理香さんから聞いたな。右手の中指と人差し指で眉のあたりを押さえながら思い出していると、気付いた理香さんが「久登君には話したよね」と俺の名前を呼んだ。

「混ぜる理由、覚えてる？」

「えっと、昔の目的は防腐ですよね。雑菌やカビにやられないように強めのアルコールを入れていた。でも今は設備も技術も発展してるから、防腐というより香りを立たせるために混ぜる……んでしたっけ」

彼女は「正解！」とさながら司会者のように俺を人差し指で差した。

「お酒の香りって、水よりもアルコールの方が溶けやすいからね。あとは、醸造アルコールがお米の糖分を抑えてくれるから、スッキリした味わいになるわ」

「そっか、必ずしも純米酒の方が良いってわけじゃないんですね」

「安城君の言う通りよ。お酒全般そうだけど、絶対にこっちの方が優れてるとか、高いお酒の方が美味しいなんてことはないの。自分にあったお酒を探すのが楽しいのよね。それじゃお待たせしました、飲んでみよう！」

お猪口に注がれた純米大吟醸に顔を近づける。ライチやナシを彷彿とさせる華やかな匂いが心地よく鼻腔を刺激した。

香りを楽しみつつ、ゆっくり口に含む。舌先から舌全体へ、どっしりとした旨みが塊となって口に押し寄せる。しばらく味わっていると、薄めた水飴《みずあめ》のような滑らかな甘さも顔を覗かせた。

「これすごい！　飲みやすいですね！」

右で安城さんが小さく叫ぶのも分かる。そのくらい飲みやすいし、鼻から抜ける息にも香りがついているような上品な味わいだった。

「ふふっ、このタイプの華のあるお酒は、お酒自体が主役になれるから、肴はこういうのが合うわよ」

理香さんが指したのは、彼女が純米大吟醸の話をしているときにテーブルに運ばれてきた、夏野菜の揚げ浸しだった。ナス、アスパラガス、ズッキーニ、パプリカ……色とりどりの野菜が素揚げされ、透明なガラスボウルの中で出汁《だし》に浸かっている。程よい薄味で、シャキシャキした歯応えが心地いい。出汁の甘めな風味が残っているうちに日本酒を飲むと、一瞬にして口の中にジューシーな旨みが広がり、彼女の言う通りに主役としての存在感を示した。

うん、やっぱり、お酒は詳しい人から説明を聞きながら飲むのが楽しいな。

「すごいですね、オレ、こんな日本酒初めて飲みました。ほとんど原材料違わないのに、さっきのとは全然味が違う」

「分かります。なんか、米と水だけなのに、こんなに違うんだって」

安城さんに同調していると、理香さんが「そう、そこがポイントね！」と調子をつけるようにヒールをトンッと鳴らした。

「日本酒を飲むと、お酒って面白いなあって感じることが特に多いの。シンプルな原料なのに、酵母の種類やお米の削り具合、発酵の仕方を少し変えるだけでも仕上がりの味がまったく違う。小さな違いが、大きく未来を変えるの、君達みたいな若手社員と一緒でね」

急に自分達の話になったことに驚いた安城さんは、目を見開いた後、「ですね」と相好を崩した。きっと彼女なりの、少し前に俺達が話していた仕事やキャリアに対する悩みへの激励なのだろう。

「それじゃ、お姉さんのイイ話も終わったところで！」

そう言いながら理香さんは、純米大吟醸の残るお猪口をスッと口に運んだ。

「安城君から聞いた謎、考えてみるわね」

彼女の推理タイムが、いよいよ始まる。

【推理編】足りないもの

理香さんは後ろ髪に手を伸ばしてパールとビーズが装飾されたヘアゴムを外し、そのゴムを手首に巻いた。前髪も全て引っ張って作っていたポニーテールがふぁさっと音を立てて首の後ろを覆う。パパッと顔を動かすと、踊るように前髪が揺れておでこを隠した。最後に右手で両耳元を撫で、横の髪を整える。

二週間ぶりに彼女のスイッチが入ったのを見た。それはちょうど安城さんが来る前、フラッシュバックが起こった後に両手を叩いて気持ちを切り替えたのと同じような、推理に没入するためのルーティンだった。

髪を解いて、その髪を直す。そして、いつもの言葉を凛《りん》とした声で口にするのが、ルーティンの締めだ。

「さて、いこっか」

理香さんのあまりの変貌ぶりに、安城さんは急に日本酒が回ったかのようにやんわりと頬を染め、ジッと彼女を見ている。

それも仕方ないだろう。酔いのせいか潤んだ瞳でテーブルの一点を見つめながら、ほぼ何も話さずにジッと考え事をする探偵、天沢理香。気のいい呑み助なアネゴの雰囲気は雲散霧消し、深いブラウンのミディアムヘアが似合う物静かな佳人に早変わりしたのだから。俺もやはり完全に慣れたわけではなく、まじまじと顔を見るとドキッと心音が跳ねる。

「あの、進藤さん、これって……」

「理香さんは推理するときはこうなるんです。静かに見守ってあげてください。あ、お酒もし良かったら適当に頼んで──」

「あ、久登君、ワタシが頼むから一緒に飲みましょ」

お酒に関する部分はちゃんと聞こえていたらしく、彼女はまたカウンター内側の棚を見に行って、矢継ぎ早に何種類かのお酒を注文する。

五分もしないうちにテーブルには、一合ずつ四つの片口とその瓶、そしてお猪口はガラス製のものと銀色のものが一つずつ、それぞれ置かれた。どうやらお酒によって使うものを変えるということらしい。

「あ、注《つ》ぎますよ」

「久登君ありがと。でもここからは自分のペースで飲むわ」

彼女は一番手前にあった片口を取り、新しく置かれた銀色のお猪口に向けて傾ける。興味深そうに見ていた安城さんが、彼女に尋ねた。

「素敵な器ですね！　これ、鉄製なんですか？」

「ううん、これは錫《すず》なの。アルコールを醸造するときに生まれる揮発成分を錫が溶かしてくれるのよ。だから、辛口で濃い酒もまろやかになるって言われてるわ」

説明しながら錫のお猪口を口に当て、注いだ酒のラベル裏面の説明書きを見ながら、水を飲んでいるかのように速いペースで流し込む。手に取ったお酒がガラスと錫どちらの酒器と相性がいいかすぐに判別できるあたり、さすがは理香さんだ。

「やっぱり旬のお酒は美味しいわね」

声のトーンもさっきより落ち着いたものになり、他の客が見たらいつの間にか別の女性が座ったと勘違いするかもしれない。残った一口を吸い込むようにキュッと飲んでから「ふう……」と熱のある息を吐き、肘をついて謎解きを始めた。

「箸置き……友人の家に……」

相変わらず、推理をしているときの理香さんは集中力が高すぎて、傍《はた》から見たら無防備で面白く映る。

お猪口に入れた日本酒を結構なペースで飲んでいきながら思索に耽《ふけ》る。自分が脳内で書いた考察を読むように左右に目をキョロキョロと動かし、突然パッと何かが閃いたのか軽く音が立つくらい勢いよく息を吸い込む。かと思えば、いつもやっているように閉じた口にギュッギュッと空気を送り込み、漫画でしか見ないようなふくれっ面になったかと思うとぶしゅーと息を吐き出して、またお酒を呷る。動画に撮りたいほど面白いし、安城さんも笑いを堪えながら彼女を観察していた。

「進藤さん、推理してる天沢さんってなんか面白いですね」

「そうなんですよ。この状態でしっかりお酒飲んでるのもすごいんですけどね」

彼と耳打ちし合いながら、まるで珍しい生き物の生態観察のように推理中の理香さんを見つめる。

時折、両肘をついて突っ伏すような体勢になるので、安城さんは酔い潰れてしまったのかと不安になるようだが、このくらいで眠くなるような理香さんではない。きっと考えあぐねて小休止しているのだろう。

「……ってことは、これはありえないから……」

突っ伏した体勢から呟いた後に椅子に座り直し、口に手を当ててまた黙り込む。そこから数分、右手だけはお酒を注いだりお猪口を持ったり前髪を右に払ったりしているが、それ以外の頭や手足は時間を止めているかのようにほとんど動かない。作家が小説の重要なシーンに取り掛かっているとき、はたまた広告代理店の社員が新商品のキャッチコピーを考えるときは、こんな感じで悩むのだろうか。

理香さんが推理している間、俺もやることがないので、彼女の真似をして考えてみる。

「……箸置き……箸置き………」

しかし、想像のアンテナを広げても何も浮かんでこなかった。あまりにも西畑さんの行動が不可解すぎる。

理香さんの言う通り、仮に花火やおかめの箸置きが本当に可愛かったとして、買う理由にはなっても、宅飲みに持ってくる理由にはならない。

いや待て、もし当日行きがけに買ったんだとしたら持って行ってもおかしくはない。西畑さんは「昨日買った」と言っていたらしいけど、それが嘘だとしたら……違う、それはそれで、今度は嘘をついて日をごまかす理由がない。

そして、買った時期がいつであれ、二十代半ばの男子が自分で購入した箸置きを宅飲みに持って行くというのが、もう既に現実味がなさすぎるのだ。

と、すると……ん、ひょっとして、こういうことだろうか？

「んん、結構難しいわね……久登君、なんか浮かんだ？」

更に十分ほど経った頃、休憩がてら理香さんがこちらに水を向ける。俺は少しだけ姿勢を正し、胸を張ってみた。

「ええ、ちょっとした発見はありました」

「え、本当に？」

俺の言葉に、彼女だけでなく、右にいた安城さんも興味ありげにグッと顔を寄せた。自分の謎解きを披露するのは気分がいい。探偵に憧れる人が多いのも理解できた。

「シンプルに考えるのがポイントですね。箸置きをわざわざ安城さんの家に持って行った。それはつまり、因果関係が逆なんです。『買ったから持っていった』のではなく、『持っていくために買った』ということなんです」

推理を聞いた理香さんは興奮の表情のまま一瞬フリーズする。そして数秒の間を置き、期待の薄れた表情で頷く。

「ああ、うん、その方向では一度考えたんだけどね」

「そうなんですか！」

こっちは重要な手掛かりを掴んだ気でいたのに。なんだか気恥ずかしさが込み上げてきて、自分の頬が熱を持って赤くなっているのが分かる。

「問題は、わざわざ持っていった理由よ」

持っていった理由……西畑さんが買った箸置きを安城さんに見せたかった理由……あるいは、買ったものではない……？

「理香さん、ようやく分かりました。箸置きは、買ったものじゃなくて、自分で作ったものだったんです。西畑さんにはクラフトの趣味があって、箸置きをたくさん作って持っていった。誰かが『それ可愛いな』って話題に出したら、自分で作ったって自慢するつもりだったんです」

完璧な推理だと思えた仮説だったが、理香さんはおでこを押さえて首を振った。

「久登君、万が一そうだったとして、西畑君が百均で買ったって嘘をつく理由がないじゃない。安城君が気付いたタイミングで『俺が作ったんだけど』って言えばいいんだから」

「確かにそうだ」

頭を抱える俺の肩を、理香さんが「精進しなさい、ワトソン君」と叩き、それを見ていた安城さんがブフッと小さく吹き出す。俺と彼女の掛け合いがツボにハマったらしい。

「何かあったのよ。その箸置きを使う理由が……」

追加のお酒を頼んだ後に口元を両手で覆った理香さんはまた長考に入ろうとする。良いところを見せたくて、意地でもヒントをひねり出そうと頭をフル回転させていると、全く別の角度から、突如一つのアイディアが浮かんだ。

「理香さん、今度こそ謎の核心が掴めましたよ」

テーブルをトンッと手のひらで叩いた俺に、彼女は「あんまり期待してないけどね」という感情を込めた優しい笑みを浮かべた。いやいや、ここでリベンジだ。

「俺達はずっと、安城さんの話で、その五つの陶器を『箸置き』だと思って聞いてました。でも、よく考えてみれば、それが箸置きだなんて、どこにも証拠がないですよね」

「おお、新しい意見ね」

「陶器製で小さかったらそれっぽく見えますからね。つまり、本当はその五種類のものは箸置きじゃなくて……」

「箸置きじゃなくて？」

「まあ、何なのかはイマイチ分かりませんけど……」

推理の勢いの減速に合わせて、理香さんががっくりと項垂れる。

「で、久登君、それが箸置き以外の何かだったとして、なんで家に持っていったの？」

「え？　それはその……自慢するため……」

さっきの推理と同じ帰結になってしまった俺に、安城さんがダメ押しで補足する。

「進藤さん、オレが見たのは多分箸置きだったと思いますよ。花火のとか提灯のとか、箸を置いても転がらないように真ん中が凹んでましたし」

「そっかあ。ううん、途中までは良い線いってたと思うんだけど」

結局「なぜ家に持っていったのか」という謎に辿《たど》り着けない。今の俺にはお手上げで、理香さんに頼るしかなかった。

肝心の探偵は、また手酌で片口を傾け、なみなみ注いだお猪口を水平にゆっくり持ち上げて口に運んだ。そして、また推理に没頭する。壁に体をぴたっと付けているのは、酔って火照った体を冷やしているのかもしれない。壁の色が白いので、頬が染まっているのがよく分かった。

クイックイッと速いペースで杯を重ねていきながら、一言も話さずに一点を見つめている。真顔でいたかと思えば突然目をカッと見開き、その一分後には口をすぼめて突き出して息を吐いたり吸ったりすることでホヨホヨと口笛のような音を響かせる。俺と安城さんは、周りが見えなくなっているがゆえのそのコミカルな動きを肴に、理香さんが頼んだ少し苦みの強い日本酒を飲んだ。

「ダメね、閃きが下りてこない感じ」

しばらく時間が経った後、理香さんは低い声でそう口にし、座ったまま足で床を押して突っ張るように伸びをする。

「ちょっと気分転換するわ。安城君、お酒のおかわり頼むけど、食べたい料理ある？」

「えっと……じゃあこれを」

彼がオーダーし、しばらくして出てきたのは、「酔っ払い海老」という一品だった。赤色が鮮やかな比較的大ぶりの海老が六匹、楕円形の皿の上で雑魚寝している。

「安城さん、酔っ払い海老って何ですか？」

「良い質問ですね、進藤さん！　実はオレも知らなくて、気になって頼んじゃいました」

ジョーク交じりに話す安城さんが「天沢さん、分かりますか？」と尋ねると、彼女はスマホの音声アシスタントのようにすぐに答え始めた。

「もともとは中華料理ね。生の海老を醤油と紹興酒に漬け込んで酔っ払わせて湯引きする料理よ。まあ、この店ではさすがに生きた海老は使ってないと思うけどね」

「なるほど、本当に酔わせるんですね。ありがとうございます」

お礼を言った安城さんと一緒に一匹ずつ取り皿に載せ、皮を剥きながら食べていく。口の中で海老の味わいとプリプリの食感が一気に広がるけど、同時にやや甘いお酒の風味が鼻を抜けるのが面白い。茹《ゆ》でて塩を振るだけで十分に美味しい海老も、こんな風にアレンジすると趣が違ってくるものだ。

「さっき、西畑が『川海老が好きだ』って言ってた、って話をしたじゃないですか。あれで海老を食べたくなっちゃって」

「川海老かあ、関東だと茨城《いばらき》とかが有名だけど、西の方に名産地って呼ばれる場所が多いわよね。滋賀《しが》の琵琶湖《びわこ》もそうだし、中国や四国でも……」

話を最後まで言い終えず、途中で止めたまま、酔っ払い海老に箸を伸ばしていた彼女の手が止まる。全身もまるでフリーズしたようになっているのは、脳内で高速演算処理をしているからだろうか。

やがて、海老には手を付けずに手元に箸を戻し、お猪口の半分くらい残っている日本酒を、風味を立たせるためか吸い込むように飲んで空にした。

話の途中で止まるのは、何か閃いたときのサイン。そしてお酒を一気に飲み干すのは、考えがまとまったときのサインだ。

「理香さん、ひょっとして謎が解けたんですか？」

「ん、大体ね」

全部ではないにせよ、俺なりに一生懸命考えても全く分からなかったことが解けかかっていることに、素直に驚いてしまう。

「久登君、お手柄かもね」

「え、俺ですか？　何かてがかりになるようなこと言いましたかね」

「ふふっ、それは秘密だけど」

誤魔化すように両手をヒラヒラと動かす。かなり顔が赤くなった状態でイタズラっぽく微笑んでいるその表情は、小さい頃から顔を知っている俺でさえ心臓が早鐘《はやがね》を打つ、なかなかの破壊力だった。

「ねえ安城君、西畑君の出身地って知ってる？」

「えっと……すみません。西の方だったと思いますけど……本人に聞きましょうか？」

「ううん、それだけ訊くのも変だし、そこは確認みたいなものだから大丈夫」

理香さんは「あとは……」と、右手親指で唇を拭うように掻く。

「その箸置きってどこの百均で売ってたか聞いた？」

「いや、ちょっと分からないですね」

「やっぱりそうよね、仕方ないか」

そう言ったきり、しばらく考えた後、お皿の上の海老と同じように酔っ払っている探偵は、僅かばかり残っている片口の残りのお酒をお猪口に注いでいく。

「安城君、この謎、何日か預かってもいいかな。ひょっとしたら簡単に検証できることがあるかもしれないから、もう少し時間が欲しいの」

「はい、全然急ぎじゃないので大丈夫です！」

「じゃあ今日はあともう少し飲んだら解散しましょう。夏酒、他にあるか見てくるわね」

理香さんは意気揚々とカウンターの中にあるお酒の冷蔵庫を見に行き、店員と話しながら締めの一杯を注文した。夏にぴったりのドライな味わいだったその日本酒一合を三人で飲み終えた後、会計を出してもらう。

彼女が「ちょっと久登君と話したいことがあるから」と告げると、快諾した安城さんは自分の分を払い、「謎解き、よろしくお願いします！」と丁寧にお辞儀をして先に帰っていった。

「で、俺の推理の何がヒントになったの、リーちゃん」

「ダメだよ、キュー君。ワタシが謎解きを披露するまでの秘密なんだから」

「ちぇっ、ケチだな」

二人になったので、改まった呼び方も窮屈な敬語も撤廃してタメ口に戻る。同い年の同性とはいえ、初対面の人と一緒に過ごした緊張がほぐれ、肩の力が抜けていくのが自分でも分かる。

いつの間にか、時間は二一時を回っていた。カウンターの人も入れ替わり、前の店でしこたま飲んだらしい三十歳前後の男性グループが、日本酒居酒屋なのにハイボールばかり頼んでいる。

「検証って言ってたけど、リーちゃん何か実験でもするの？」

「んん、どっちかっていうと調査かな。心配しないで、キュー君にもちゃんと手伝ってもらうから」

「俺はそんな心配はしてないっての」

いつもの軽口。二十年の付き合いのせいか、会話のリズムも自然とハイテンポになっていく。

「まさかリーちゃん、雑用じゃないよね？」

「大当たり、雑用よ」

「やっぱり！」

「大丈夫、ワタシもやるから。仲良く分担ね」

こうして彼女から明日やらなくてはいけない作業を聞き、その日はお開きとなった。

＊＊＊

翌日の昼休み、オフィスを出てランチに行った足で近くの百均を巡る。鉄アレイのような形をした、乗れそうな程に質感のある雲。その雲の横から顔を出し、容赦なく照り付ける太陽に、街にはドット、ストライプ、チェックと様々な模様の日傘が咲いた。

大学も近くにあり、海外からの観光客も多いエリアだからか、歩いていける距離にブランドの違う百均が三軒あるのは助かる。もっともそのせいで、昨日理香さんと話をした結果、「ワタシの会社の近くには一軒しかないから、キュー君は三軒全部回ってね」と不公平な分担になったわけだけど。

「ううん、箸置きは……これだけか」

西畑さんが持ってきたという箸置きを探すものの、それらしきものは見つからない。二軒目も犬やペンギンなど、動物のものしかなかった。

そして三軒目。

「箸置き……箸置き、と……あった！」

茶碗、汁椀、カトラリーと三段の棚に並ぶ食器のコーナー。箸の横に、数種類が雑多にカゴに入った形で、目当てのものは置かれていた。

「あっつ……」

そして、それが理香さんが予想した通りの状態で売られていることに感服してしまう。やはり、酔ったときの彼女の推理力は抜群だ。

彼女に「ちょっとだけ話せる？」とチャットを送ると、すぐに「OK！」というマークが返ってきたので、そのまま発信する。

「リーちゃんの言った通りだったよ。い、い、ここに売られてるのは花火と法被と提灯だけだ。おかめとひょっとこの箸置きは置いてない」

「ふうん、そっかそっか」

スマホから彼女の満足気な声が聞こえた。

「じゃあワタシの方で別の準備しておくから、明日か明後日あたり安城君にもう一度会えないか調整してもらっていい？」

「うん、分かった」

そして、そのままSNSを開き、安城さんにメッセージを送る。本当は明後日の金曜日の方が、翌日が土曜で休みなので都合が良いかもしれないけど、早く謎解きを聞きたかったので明日で打診してみたのだった。

【謎解き編】おかめとひょっとこ

木曜の定時上がり、俺は二日ぶりに同じ店——神楽坂にある日本酒居酒屋——の前にやって来た。

前回より少し早い時間に来たため、外はまだ昼のように日が射している。「こんな明るいうちから飲むなんて」という背徳感と喜びを一緒に胸にしまい、いそいそと立ち飲み屋の横の階段を上る。

「いらっしゃいませ」

カウンターには三人の先客が座っている。「酒を飲んで五十年」といった感じの老爺《ろうや》が一人でゆっくりと日本酒のグラスを傾けているのが印象的で、モノクロ写真にしたらちょっとした作品になりそうだった。

「久登君、こっちこっち!」

「こんばんは、進藤さん!」

店内では既に、おでこをバッチリ出している理香さんとワックスで髪をしっかり立てた安城さんが待っていた。この前と同じテーブルで、真ん中に座った理香さんを安城さんと挟む形で一番右に座る。安城さんはダークグレーのスーツ、理香さんはモノトーンのストライプシャツに黒のプリーツスカートを穿いていた。

「いやあ、なんかこの時間から日本酒のお店に来るっていいですね、理香さん」

「ふふっ、『和酒バル』っていうと贅沢《ぜいたく》さもひとしおよ」

「確かに！　カッコいいですね」

「お待たせしました、お酒とお料理になります！」

　バルという言葉の響きの良さに感動していると、威勢の良い声の男性店員が大きめのお盆を持ってやってきた。先に理香さんが注文していたらしい。並々と入った徳利とそのお酒の瓶、陶器の黒いお猪口、そして見ただけで食感が想像できる、小さい川海老の唐揚げがテーブルに並んだ。

「それじゃ二人ともお疲れ様でーす！」

「お、お疲れ様です」

「天沢さん、今日もよろしくお願いします！」

　これから推理を披露するとは思えないテンションで理香さんが乾杯の掛け声をかける。

俺は勢いに押されながら、一昨日より小ぶりなお猪口を零さないように胸の前に掲げて、お酒を迎えに行くように口を近づけた。

「うわ、これスッキリしてていいですね！」

「でしょ？　久登君はこういうの好きだと思った」

飲んだ瞬間、鼻の奥から爽やかな酸味が抜ける。全体の味わいが軽いうえに、後味もほとんど残らないキレの良さで、飲み疲れせずに何杯でもいけるタイプのお酒だ。

「一緒に川海老を……うん、これは間違いない！　安城さん、食べてみてください！」

「どれどれ……あ、これは日本酒にピッタリですね！」

二人で絶賛しながらお酒に口をつける。スーパーのお惣菜で買うのとは全く違う、揚げたてならではのサクサクの食感。小さな体に目一杯詰まった香ばしい風味が口いっぱいに広がり、塩気だけではなく海老の甘さも感じられる、抜群の日本酒のパートナーだった。

舌鼓を打ちながら理香さんの方に顔を向けると、いつもと違う彼女の変化に気付く。

「あれ？　理香さん、なんかもう顔赤くありませんか？」

「ああ、うん。定時であがれたから、別の店で三十分だけ一人でゼロ次会やったの。何杯か日本酒飲みながら自分の推理が間違ってないか整理してた」

「もう飲んできてるんですか……」

自分の推理を整理するために日本酒を飲む人がいるだろうか。ここにいるのだ。おでこを出して、満面の笑みでお酒を呷っている幼馴染が。

「謎、解けたと思う。といっても、真実は西畑君しか知らないわけだし、完全な正解かは分からないから、そのつもりで聞いてね」

理香さんは一言断りを入れ、頷く安城さんを見ながら、シルバーのスプリング状のヘアゴムをグッと外して髪をおろす。コーヒー豆みたいな色の髪がパッと揺れ、清涼感のあるグリーン系のハーバルな香りが舞った。

「まずは箸置きの種明かしからしようかな」

そう言うと彼女は、不意に自分のカバンを漁り始めた。逃げ込んだリスでも探すかのようにガサガサと中を探り、やがて大きさの異なる三つの陶器の置物を取り出した。クッキー程の大きさのおかめ、五百ミリのペットボトルの底を切り取ったくらいのサイズのひょっとこ、そして一番大きい天狗は縦横の幅はひょっとこと同じくらいだが、長い鼻が思いっきり出っ張っている。

「あ、これ！　西畑が持ってたヤツです！」

「ふふっ、そうよね」

「あれ、でも天狗はなかったような……」

首を捻っている安城さんの横で、彼女はもう一つ別のものを取り出した。おかめよりも小さい独楽《こま》のようなその陶器は周囲が六面になっていて、おかめ、ひょっとこ、天狗の絵が二面ずつ描かれている。

「天沢さん、これって何――」

「じゃあ、回すわよ」

彼の言葉を遮り、理香さんはテーブルの上で独楽を勢いよく回し始める。そして、俺達二人にだけ聞こえるような控えめな声で歌い始めた。

「ベロベロのー　神様はー　正直なー　神様よ　おささの方へと　おもむきゃれー　ええおもむきゃれー」

突然の奇行にポカンとしつつ、回っている独楽を見つめる。やがてその独楽は回転を緩め、ひょっとこの面を出して止まった。

すると隣の探偵は、おもむろにひょっとこの箸置きを裏返し、尖《とが》った口の部分を指で押さえながら空洞の部分にお酒を注ぐ。安城さんは目を丸くしてその様子を見ていた。

「え、天沢さん、ひょっとしてこれって、箸置きじゃなくて酒器なんですか？」

「ふふっ、大正解ね」

そして、彼女はなぜか、箸置きの正体を当てた安城さんではなく、俺の目の前にそのひょっとこを持ってくる。

「はい、久登君、持って」

「え？」

受け取ろうとすると「あ、口の部分ちゃんと押さえてね！」と注意される。その理由は、すぐに分かった。

「わっ、えっ、漏れる！」

口のところに穴が開いているらしい。酒がジョロロ……と出そうになるのを、慌てて人差し指で押さえた。

「……で、これ持ってどうするんですか？」

「どうするって、飲むに決まってるじゃない」

当たり前でしょ、とばかりに理香さんは鼻で溜息をつく。そして次の瞬間には、「早く早く」と綻ばせた口元にワクワク感を湛えていた。

「理香さん、話がまったく見えないんですけど……なんで俺がこれを飲むんですか？」

「だってほら、独楽の軸を見てみて。久登君を指してるでしょ？」

机の上の独楽を指す理香さん。確かに、上部にある軸が俺の方を向いて止まっていた。

「なるほど！　軸が向いている人が、出た面の器でお酒を飲むってことか」

「安城君、ご名答。ちなみに歌に出てきた『おささ』っていうのはお酒のことね。さあ久登君、飲んで飲んで」

「分かりましたよ」

顔を近づけ、グッと日本酒を飲む。始めは啜るように飲まないと、口の端から零れそうで意外と難しい。

「よし、もう一回やってみましょ」

完全に彼女のペースのまま、再度あの歌が始まる。

「ベロベロのー　神様はー　正直なー　神様よ　おささの方へと　おもむきゃれー　ええ

おもむきゃれー」

　今度は、軸は安城さんの方を向き、おかめの面が出た。

「おお、一番小さいヤツで良かった」

「安城君、おかめは女性だから、顔を下に向けて置くなんて失礼だからね。ちゃんと飲み干して顔を表にするのよ」

「うわ、そんなルールなんですね。分かりました、頂きます！」

　そう言うと、安城さんも徳利から日本酒を注ぎ、小さい器をゆっくりと傾けて飲み、おかめの顔が見えるようにテーブルに置いた。

「理香さん、つまりこれって、宴会グッズみたいなものですか？」

　彼女は「そう」と天狗の器を持って、俺の方に長い鼻を向ける。

「可杯《べくはい》っていう遊びよ。西畑君は、この中のおかめとひょっとこを箸置きとして西畑君の家で出したの」

　安城さんは「全然気付かなかったなあ」と再び驚いた表情を見せながら今使ったおかめの器をもう一度手に取って裏返す。でも、俺が彼でもきっと気付かなかったに違いない。箸置きをわざわざ裏返すことなんてないだろうし、仮に裏返して窪《くぼ》みを見つけたとしても、そこにお酒を入れるなんて想像する方が無理というものだ。

「可杯は、高知《こうち》のお座敷遊びで使われる盃《さかずき》なの。お土産屋とかにも売ってるわ」

有楽町《ゆうらくちょう》まで行ってアンテナショップで買ったのよ、と彼女は天狗のいかつい顔を撫でる。

「ひょっとこは穴が開いてるし、天狗は鼻が伸びていて不安定、おかめは顔を下につけちゃダメ。全部、お酒を注がれたら空にしないと置けないのよ。漢文で『可』の文字を習ったの覚えてる？　あれって『可』の下に漢字を入れて、『何々すべし』って使うのよね。文末にあの文字を書くことがないの」

急に話が脱線したと思ったものの、はたと気が付き、指を弾いて鳴らした。

「そっか、飲みきらないと『下に置けない』ってことですね」

「あっ、なるほど！　進藤さん、冴えてますね！」

「久登君、さすがね。ワタシの助手だけあるわ」

「だからいつから助手になったんですか」

手を叩いてイタズラっぽく笑いながら、彼女はおかめの器に少しだけお酒を入れ、作った味噌汁の味見でもするようにジュッと啜った。

「天沢さん、なんで可杯だって気付いたんですか？」

「西畑君が高知県出身かもしれないと思ってね。それでこの盃のことを思い出したのよ」

そもそもどうして西畑さんが高知出身だと思ったのか、という俺達の問いは彼女も理解しているようで、テーブルの上にある料理の皿を指している。

「これもヒントの一つね」

「川海老……ですか？」

「そう。安城君が言ってたでしょ？　西畑君が西日本の出身で川海老が好きだったって。川海老って、高知の四万十川《しまんと》でも有名なのよ。海老のハサミが体長を超えるくらい長い『手長エビ』って種類なんだけどね」

そういうことか、地元のものが好物ってのはよくある話だからな。

「でも理香さん、川海老って全国にいますよね？　それだけじゃ限定しにくいんじゃないですか？」

「そうね。でもそこで、もう一つの西畑君の話が参考になったの。『地元は相当暑い方だからさ』って話」

「……あっ、四万十！　確か、昔日本記録かなんか持ってましたよね」

「そう。最高気温、四一度とかだったかしら」

川海老と暑さ、しかも西日本。これだけのピースが集まれば、パズルを組み立てるのも難しくないかもしれない。

「そこまで分かったら、あとは高知、おかめとひょっとこ、可杯と連想していくのは容易だった。久登君のヒントにも助けられたわ」

「一昨日、理香さんが秘密にしてたヤツですね。俺、なんか重要なこと言ってましたっけ？」

「実は西畑君が持ってきたのは箸置きじゃないっていう説よ。あの話が出たおかげで『なぜ持ってきたのか』から『何を持ってきたのか』に推理の方向を変えられたしね」

「そっか、確かに言いましたね」

理香さんの力になれたことは嬉しい。ただ、まだ自分の中で全ての謎が解けたわけではなかった。

そして、安城さんも同じ思いでいたらしい。

「あの、天沢さん、もう一つ質問いいですか？　今の推理は、おかめとひょっとこが可杯だったってことだけで、なんで西畑がその二つをオレの家に持ってきたのかって謎は残ったままですよね？」

「安城君、鋭いわね。でもそれは簡単なの。西畑君が持っていったのはおかめとひょっとこだけじゃない」

「え、それって……」

理香さんは彼が言わんとした答えを予想し、先回りして「そう」とゆっくり首を縦に振った。

「彼はおそらく天狗と独楽も持って行ってた。つまり彼は、君の家で可杯で遊ぼうとしたのよ」

思わぬ方向に話が転がったものの、よく考えたら当然かもしれない。このおかめとひょっとこだけあっても何も使えないのだから。

「……ん？　でも理香さん、そうだとしたらますます変ですよ。じゃあなんで西畑さんは箸置きだなんて嘘をついて出したんですか？　それに、花火や提灯の箸置きを用意した理由もよく分からないですよね？」

「そう、今回の一番のポイントは箸置きとして紹介した理由ね。ワタシの推理も間違ってるかもしれないけど……」

言い淀《よど》みながら両手を擦《こす》り合わせると、彼女は安城さんの方に視線を向けた。

「西畑君は可杯をやるつもりだった。でも控えめだという彼の性格を考えると、うまくみんなを誘えない可能性がある」

「あっ！」

それを聞いた瞬間、俺と安城さんはほぼ同時に叫んだ。

「自己主張が少ないタイプだって話だから、場の流れにうまく乗れないと『面白いもの持ってきたからやろうぜ』なんて言えないかもしれない。そこで西畑君は知恵を絞った。そして、箸置きに偽装することを思いついたの」

二つの器を引き寄せる理香さん。塗り箸を載せてみると、おかめはちょうど良いサイズ、ひょっとこはかなり大きめだけど、おかめとセットで買ったと言われたら、ちょっと面白い箸置きだと信じてしまうかもしれない。皆お酒が入って酔っていたならなおさらだ。

「天狗はさすがに無理があるけど、おかめとひょっとこはなんとか箸置きで通せる。そこで彼が百均に行って探すと、花火や法被、提灯の箸置きがあった。これなら『夏シリーズ』なんて説明すれば違和感は持たれない。西畑君はそう考えたに違いないわ」

「でも、結局この遊びの話はできなかった……」

俺の言葉に、探偵は「そういうこと」と独楽を手に取って軽く回す。

「もともとボードゲームをやる案もあったって安城君は言ってたわよね。西畑君は、その流れに乗って『実はこの箸置きさ』って切り出すつもりだったのかもしれない。あるいは『何この箸置き、変なの』『このひょっとこの、穴開いてるよ』って話題にのぼる可能性も考えていたかも。だからこそ、箸置きとして出したんだと思うから。ワタシの推理はこんなところね」

彼女は赤くなった右の頬に手を当てる。そして、謎解きを締めるかのように、天狗の表面ギリギリまで徳利から酒を流し、「おささの方へとおもむきゃれー」と小さく歌って、グイッと一気に喉に流し込んだ。

ちゃんとした謎になるくらいのカラクリだったけど、西畑さんの心の動きはよく分かる。

自分の性格を知っているからこそ、ここまで周到に準備をした。露骨に拒絶するような仲間じゃないと分かっているけど、もしいきなりぐいぐいと提案して、イマイチな反応をされたらどうするか。遊んでいる途中も「無理やり合わせてくれてるんだろうか」とネガティブな猜疑心《さいぎしん》が生まれてしまうかもしれない。だからこそ、場の流れでスムーズに提案できるように、偽装したのだ。自分からうまく言うことはできないけど、みんなと遊びたい。その想いは偽装しないように、箸置きを使った計画を思いついたのだ。

宅飲みの場では奏功しなかったけど、ちゃんと理香さんが謎を解き明かしてくれた。安城さんには、どう伝わっただろうか。

「…………」

安城さんは無言でおかめの酒器を触っていたが、その表情は徐々に明るくなっていく。

「みんなで遊んだら楽しそうです。今度また宅飲みやるつもりなんで、西畑に持ってきてもらいます。『この前の箸置きのおかめとひょっとこ、可杯って遊びの酒器なんだね。またまテレビでやってたの見たけど面白そう！』って言って」

「おっ、いいと思う。飲みすぎに注意ね」

言いながら、彼女はお猪口に口をつけ、空になった盃をコトリと置く。すぐに俺が徳利を持つと、「ありがと」と注《つ》ぎやすいように器を近づけてくれた。

「ふふっ、それにしても安城君、ひょっとこのサイズ、縦横どっちも五、六センチはあるわよ。箸置きにしては大きすぎるって思わなかった？　質問したら西畑君も『実はさ……』って話し始めたかも」

「いやいや、結構酔ってましたし、箸置きって言われたら『そっか、でっかい箸置きなんだなー』で終わりですよ」

二人は顔を見合わせて破顔する。一九時半を回り、カウンターにもお客さんが増えてきたおかげで、笑い声は目立たずに済んだ。

「天沢さん、本当にありがとうございました。名推理、カッコ良かったです！」

「またお酒の謎ができたらいつでも依頼してね。あ、ちょっと待って、解散の前に！」

「どうしたんですか？」

右手の中指で前髪を横に払った理香さんは、その手でカウンター内に設置されたお酒の入った冷蔵庫を指差す。

「新しい夏酒、幾つか入ってるみたいなんだけど、どう？」

「いいですね！　進藤さんも一緒に飲みましょう」

「ぜひぜひ。理香さん、また教えてください！」

まだ飲むんですか、というツッコミは彼女にはご法度。

まだまだ飲むのだ。大好きだから飲むのだ。

「リーちゃん、お疲れさま」

「ありがと。今回はキュー君にも感謝ね。謎解きのヒントももらったし、百均で箸置き見つけてくれたから確証が持てたし」

安城さんが帰宅し、理香さんと二人で和酒バルに残る。割り勘でいいと言ったのに「感謝の気持ちです。お二人で美味しいお酒飲んでください」と五千円札をギュッと持たされてしまい、結局理香さんも根負けした。

「可杯かあ。高知伝統のお座敷遊びっていうのも地域性があって面白いですな」

「地酒《じざけ》っていう言葉があるくらい、日本酒はそれぞれの土地に根付いてるものだからね。他の地域でも面白い飲み方の文化があるかもしれないですな」

二人ほぼ同時に、陶器のお猪口に口をつける。窓ガラスの外では薄墨色が広がり始めているけどまだ宵の口で、力を抜いて彼女と話せるこの時間をゆったりと過ごす。

「高知かあ」

不意に彼女は、目尻を下げた柔和な表情で口を開いた。

「酔鯨《すいげい》っていう高知の日本酒が好きなのよね。この店にあるかな」

手を挙げて店員さんを呼び、聞いたことのないお酒の名前を口にする。

「あ、特別純米のヤツがちょうど昨日入荷してるはずです！」

「わっ、ナイスタイミングですね。じゃあ一合お願いします」

いそいそとカウンターの中に戻った男性店員は、様々な色や形のお皿が並ぶ棚を覗いて酒器を選んでいる。

「特別純米の定義はね」

「そうそう、リーちゃんにそれ聞こうと思ってた」

さすが理香さん、俺が知りたいこともお見通しだ。

「まずは精米歩合が六十パーセント以下、つまりお米の四割を削ってることが特別純米を名乗れる条件ね」

「そっか、それで『純米』ってことは、この前説明してくれた醸造アルコールを加えずに米と水だけで作ってるんだ」

「キュー君、よく覚えてたわね！　それが条件の二つ目よ」

その条件を満たしてなくても特別な醸造方法で造ってれば名乗っていいらしいけどね、と近くのカウンター席でカップルが食べている料理を気にしながら理香さんが補足してくれる。

「吟醸系のお酒は華やかで甘い香りがウリなんだけど、特別純米はお米を磨いてスッキリさせつつボディのある味が特徴って感じかな。純米大吟醸とかと比べたら手間がかからない分、お財布に優しい値段だから、普段使いもできる『ちょっと良い日本酒』なのよ」

「へえ、飲むの楽しみになってくるな」

解説を聞いていると、さっきの店員がワインボトル大の酒瓶と白い片口、そしてガラス製のお猪口を持ってきてくれた。瓶の白いラベルには大きく鯨の絵が描いてある。そういえば高知ではホエールウォッチングも有名だったな。

「お待たせしました。口開けです！」

「やった、嬉しい」

右手で小さくガッツポーズしている理香さんに「口開けって？」と訊くと、彼女は瓶の方を見るように促しながら答えた。店員が栓の上についている金属のフタを剥がしている。

「未開封の日本酒を開栓することよ。日本酒って開けて時間が経つと酸化とかで味わいが変わっていくから、口開けだとフレッシュなお酒が楽しめるの。時間を置いて熟成させるのも美味しいから、好みは人それぞれだけどね」

「なるほど、飲むタイミングによっても味が変わるのか」

片口にお酒が注がれると、理香さんはすぐにそれをお猪口に注いでくれる。

鼻に近づけてみると香りは随分穏やかで、果実やお餅などの分かりやすい喩えが浮かばないまま、今度は口に含んで味を確かめる。

「あっ、俺この味好きだ」

ほのかな甘みの後に、ガツンとくる旨みと辛み、そしてじんわり浮かび上がってくる酸味。飲み込むとすぐに後味がなくなるキレの良いお酒で、幅のある味わいが口の中を心地よく刺激する。

「ワタシも好きよ。小学校の頃、お父さんが行きつけの居酒屋に連れていってくれるときによく頼んでてね。この絵をよく見てたわ」

　急に父親の話が出てきたことに動揺したが、特に調子を崩しそうな様子はない。既に何杯も飲んでいるうえに謎が解けた達成感も相俟って、リラックスできているからかもしれない。

　理香さんは手元のお酒を飲み干した後、何かを思い出すように斜め上を見上げた。

「このお酒飲むときにお父さんが必ず頼んでた冷菜のメニューがあったのよね。ワタシも結構気に入ってたんだけど……なんだったかな……」

　そう言うと彼女は手酌でお猪口を満たし、勢いよく傾けて飲む。そして謎解きを始めたかのように、無意識で口を開けたり閉じたりしながらぶつぶつと呟き始めた。一五年以上前の思い出の糸を手繰り寄せているのだろう。

「夏に食べてることが多かった……高知だからカツオ？　じゃあもう一種類のあの白っぽいのは……それにもっと歯ごたえが……」

　隣から微かに聞こえる独り言。見た目や食感の朧気《おぼろげ》な記憶を頼りに、幼少の居酒屋の一皿を再現しようとしている。

　やがて彼女は、スッと姿勢を正してパンッと手を打つ。

「タコ！　あのギュッギュッって噛んでた白いのはタコだったのね。冷たい料理って考えると、カツオとタコのカルパッチョかな」

結論を出したものの、直後に彼女は顔を顰《しか》める。どうやら、納得がいっていないらしい。

「なんか違う気もするなあ……キュー君、どう思う？」

冗談とも本気とも思えない彼女の話の振り方に、俺は苦笑いしながら答えた。

「さすがに分からないって。あ、料理といえばさ、杏介が正式メニューになった写真送ってくれたよ。ほら、この間食べたナスとゴーヤのツナぽん梅サラダ」

スマホで写真を見せようとする俺の腕を、理香さんはいきなりガッと掴んだ。そしてとびきり嬉しそうに目を輝かせながら見開く。

「キュー君、お手柄。梅だよ梅、梅パッチョ」

「梅パッチョ……？」

不思議な響きの料理にあれこれ想像を巡らせているうちに、彼女は店員を呼び、「もしできたら作ってもらいたいものがあるんですけど……」と相談しはじめた。

「それっぽいの作りますよ！　カツオもタコもありますし！」

男性店員は料理も担当している人だったらしく、快諾して気合いを入れるように腕を回しながらシンクの方へ戻っていく。

「リーちゃん、さっきのどういう料理なの」

「いいからいいから、でき上がりを楽しみにしてて」

十分ほど経って運ばれてきたのは、カツオとタコを交互に丸く並べたカルパッチョだった。オリーブオイルとガーリックの匂いが漂う中で、刺身の上に載った鮮やかなルビーレッドの梅肉が目立っている。

「うん、見た目も近い気がする。いただきます。ほら、キュー君も」

「じゃあ一口だけ」

味の想像がつかない料理におそるおそる手を伸ばし、ドレッシングをたっぷりつけたカツオに梅を載せて、口をつけた。

「うわっ、これすごいよ、リーちゃん！」

「うん、美味しい。味もこんな感じだったなあ」

予想を遥かに超える味に一口だけでは済まなくなってしまった。

オリーブオイルとビネガーをベースにしたドレッシングは程よい酸味で飽きが来ない。そこに梅肉も絡めることでカツオもタコも何切れでも食べられそうな風味になるけど、粗挽きのガーリックとコクのあるオリーブのおかげで、ただの刺身のさっぱりした味わいとは一線を画す、満足感のある肴になっている。

「うん、このお酒にもピッタリね」

満足そうに飲んでいる理香さんの言う通り、日本酒との相性がまた抜群だ。口の中に残った油っこさを流すように米の旨みが駆け巡り、飲み込んだ後のキレの良さで、今度は口寂しくなってまた梅パッチョをつまんでしまう。とめどない無限飲酒連鎖だった。

「リーちゃん、どう？　居酒屋のこと思い出した？」

「うん。一度腕を伸ばしてお皿から取ろうとしたら、手元に置いてたジュース零しちゃったことがあってね。それからはお父さんに取り分けてもらってた。それとお父さん、お皿に残った梅をスプーンで掬《すく》って嬉しそうにおつまみにしてたなあ」


過去を懐かしみ、思い出を慈しんでいる、少し幼くなったようにも見える彼女の微笑みを見ながら、俺は二つのことに気付いた。

一つは、「お酒や料理は思い出として人の記憶に残るものだ」ということ。理香さんや杏介、それに今はいない律季も、お酒のそういうところを魅力の一つと感じているのかもしれない。

そしてもう一つは「理香さんは決して父親のことを憎んでいるだけではない」ということ。彼女の心の内側に少しだけ触れられた気がして、とても幸せな時間だった。


感慨に浸っていると、理香さんが俺の腕をトントンと叩く。

「キュー君、可杯でもやる？」

「二人でやったらただの飲ませ合いだよ」

前言撤回、幸せが一気に曇る。うわばみの彼女と一騎打ちとか、なんて怖い提案をするんだ。

「お座敷遊びかあ。ワタシも芸妓《げいこ》さんみたいに綺麗に着飾ってやってみたいなあ」

「……リーちゃんはそのままで十分だよ」

「えっ……」

しまった、酔いの力か、思わず本音が漏れてしまった。照れ隠しで彼女と目を合わせずにお酒に口をつける。返事がこないとそれはそれで気まずい。

仕方ない、ここは笑いに変えて収めよう。

「ちょっとリーちゃん！　スルーって困るんだけ――」

最後まで言い切ることはできなかった。明らかに酒のせいだけではない理由で、理香さんは熟れたトマトのように頬を染めていたから。

「……ありがと」

「いや、その……どういたしまして……」

あまりこういうのは慣れてないらしい。とはいえ、こっちだってまだまだ社会人三年目の二四歳。照れている三つ上の女性をリードできるようなスキルも度胸もなく、言葉に詰まってしまう。

「よ、よし、キュー君、決めた！　やっぱり可杯やろう！」

「そ、そうだな、やろうやろう！　リーちゃんから振っていいよ！」

慌てて独楽を用意する。うん、しばらくは、こういう関係でもいいかな。

＊＊＊

今回の事件の後日談。

翌月、安城さんから「リカーミステリ・オフィス」のアカウント宛に「この前はありがとうございました！」というメッセージが写真付きで送られてきた。写真には、広めのリビングで男子五人が思いっきりはしゃいでいる姿が写っている。安城さんが肩を組んでいるのが、おそらく西畑さんだろう。カメラに向かって突き出すように、天狗の杯を握っている。

床には酒瓶が転がっていた。これは相当飲んでるな。日本酒だけじゃなくてワインボトルもあるぞ。とんでもない飲み会、そしてとんでもなく楽しい飲み会だ。

社会人になってもバカ騒ぎできる友情は素敵だと思えた。彼らの友情も今回の事件をきっかけに、もっと育まれていくのだろう。

磨けば磨くほど良い味になる。純米大吟醸のようなものだ。

三杯目

チアーズ・ウィズ・ザ・ビアーズ

【依頼編】クラフトな一杯

「いやあ、夏はやっぱりレモンサワーね！」

「リーちゃん、この前は、夏は絶対にジンジャーハイボールって言ってたけど」

「そこはほら、人間は日々変化する生き物だから！」

カウンターで隣に座る理香さんが、黒いマドラーで氷をトンッとつついた。

来週には八月に突入するという七月下旬、二三日の木曜日。俺と理香さんはＩｎ ｔｈｅ Ｔｏｒｃｈに来て、カウンターで仕事の疲れを癒やしていた。飯田橋の奥まった場所にある二階のバーという、如何にも二次会のためのお店だからか、早い時間帯にはお客さんが少ない。薄暮を過ぎたばかりの一八時半現在は、俺達以外には誰もいなかった。


でも、今はその方が都合が良い。騒がしい店だと、鬱屈した心の一部が干からびてボロボロと崩れてしまいそうだった。

「はあああ」

「久登、落ち込み過ぎだっての」

「そうよ、キュー君。仕事で失敗したことない人なんていないんだから！」

理香さんが俺の肩をパンパンと叩く。白いブラウスに黒のタイトなスラックス、髪はバッチリ後ろで縛っていて「ワタシもよく失敗したわよ！」と社会人の先輩らしいフォローをくれた。

「ほら、飲んで忘れる！　辛《つら》いときに寄り添ってくれるのが友人とお酒よ！」

俺のレモンサワーのグラスと、おつまみとして頼んだ豚ロースの西京焼きを、右手の近くに寄せてくれる。俺はドラマでよく見るヤケ酒のシーンを思い出しながら、味も確かめずに一気に半分流し込んだ。

会社で提供しているシステムの利用者から来たメールの内容を勘違いし、重大な不具合だと思い込んで開発チームに急いで連絡したものの、結局は利用者の操作ミスだった。俺がもっと慎重に文面を読んで、何点か質問していれば、あんなに周りを巻き込まずに済んだかと思うと、恥ずかしさと申し訳なさでこのバーのシックな床をゴロゴロと転げまわりたくなる。

「どうだ、久登。そのレモンサワー、居酒屋や缶で飲むのと味が違わないか？」

「……言われてみると、レモンじゃない草みたいな風味があるな」

「さすが、天沢さんに日頃鍛えてもらってるだけあるな。天沢さん、これ何の味か分かりますか？」

急にクイズを振られた理香さんだったが、動じることなくグラスにスッと口をつける。

そして、脳内のデータベースを検索するように目を左右にキョロキョロと動かした後、さくらんぼのような色の唇をクックッと弓なりに引き上げた。

「ジン、それもクラフトジンって呼ばれてるタイプのものね」

「正解！　さすが天沢さん！」

長い柄が螺旋状《らせんじょう》によじれている、材料を混ぜるためのバースプーンを親指と人差し指の間に挟んだまま、杏介が拍手する。彼女は大観衆の喝采を制するように宙に上げた両手を動かした。

「リーちゃん、クラフトジンってなんですか？」

「それは……せっかくだし、たまにはマスターに聞いてみるのもいいんじゃない？」

「え、俺ですか？」

急に指名された杏介は目を丸くしたが、すぐに自信に満ちた表情に戻り、まるで探偵が話し始めるときのクセであるかのように、綺麗に整えた顎ひげを右手の親指と人差し指で摘むように撫でてから話し始めた。

「そもそもジンっていうのは、大麦とかジャガイモなんかを原料とした蒸留酒だ。発酵させて醸造したお酒を熱すると、酒の主成分のエタノールの方が沸点が低いから先に気体になって、それを集めて冷やせば度数の高い酒になる。理科でやった蒸留だな」

「あ、確かに。フラスコで実験した気がする」

一五年前にやった授業がこんなところで活きるなんて。改めて勉強は面白いと感じる。

「で、クラフトジンは何かって話になるんだけど、実は明確な定義はないんだよな。小規模な蒸留所で拘《こだわ》りいっぱいで造られる個性の強いジンがクラフトジンって呼ばれることが多い。伝統的な製法を採用してたり、珍しいボタニカルが使われていたりしてな」

「ボタニカルってどこかで聞いたことあるな。でも食べ物の話じゃなかった気がする」

シャンプーのＣＭだったような、と記憶を探りながら呟いていると、理香さんが「多分合ってるわよ」と横から合いの手を入れてくれた。

「植物とか、植物由来って意味で使うの。だからさっきのキュー君の『草みたいな風味』って答えは百点ね。クラフトジンには、普通のジンには使われないボタニカルを使ってるものが多いわ。瀬戸内君、今回のジンもそう？」

杏介は返事をする代わりに、調理台に置いていた透明な瓶を、「翠《スイ》」と漢字の書かれたラベルが見えるようにドンとカウンターに載せた。

「日本のジンなんだ。柚子・緑茶・生姜《しょうが》が使われてる」

「へえ、面白いな！」

「久登のために、分かりやすい比較をしてみるか」

そう言うと杏介がグラスを二つ用意し、目の前にあるジンとは違う別の酒瓶をバックバーから取ってくる。そして櫛形に切ったレモンを搾り、そのお酒とシュガーシロップ、炭酸水を順に入れてゆっくりとバースプーンで混ぜた。

「はい、ウォッカのレモンサワー。普通の居酒屋とか缶で売ってるのはウォッカベースの方が多いんだ。まずはこっち飲んでみな」

「じゃあ、いただきます」

口に含んですぐに、慣れ親しんだ味だと分かる。焼酎のレモンサワーよりもアルコール感が抑え目で飲みやすい。良く言えばクリアな味わい、言い方を変えれば無難な風味とも取れそうだ。

感想を表情に出さずに飲んでいる俺を嬉しそうに見ている杏介。ある程度予想通りの反応ということなのかもしれない。

「味覚えたか？　次に飲みかけのクラフトジンの方を飲んでみてくれ」

「おう………あ、全然違う！」

「ふふっ、だろ！」

説明を受けたからより強く感じるだけかもしれないけど、柚子が入っている分、さっきのレモンサワーよりも柑橘の香りが華やかにグラスの中を舞っている気がする。味も、ウォッカとは違う深みがありながらも、口当たりが滑らかでスッと喉を通っていく。

そのまま、味噌の焦げ目が食欲をそそる、豚ロースの西京焼きを頬張る。濃い味噌の味で口の中がしょっぱくなったときにレモンサワーを飲むと一気にリセットされて、また肉を一切れ食べたくなる。相性の良い酒と料理とはきっとこういうもので、交互に繰り返してどんどん胃の中に入ってしまいそうだった。

「日本のボタニカルを使って、日本料理に合わせやすいジンを目指したのよね、きっと」

隣の席で、理香さんが静かにグラスを置く。唇より濃い紅色のマニキュアを塗った細長い指で、グラス表面の水滴を拭う仕草が、どこか色っぽい。

「主張はほとんどないけど、まろやかな味わいは緑茶、キリッと締まる後味は生姜のおかげだと思う。これなら西京焼きはもちろん、天ぷらや鰻《うなぎ》にだってマッチすると思うな」

彼女はカウンターに置いてあったジンを取り、子犬を抱えるかのように大事そうに両手で持ってラベルを読む。

そして豚ロースをあむっと頬張りながら、彼女は「んー、最高っ！」と幸せそうに笑みを零しながらレモンサワーを飲み干し、杏介におかわりを頼んだ。切れ長なのに優しさも感じさせる目、水分の多い瞳は表面が透き通っているようにキラキラしている。

「ホントに好きなんだね、お酒が」

「うん、好きだよ」

「………っ！」

俺のことを言われているわけではないと分かっているのに、お酒で頬を染めつつまっすぐ俺の方を見て言われると、心の奥底にいる無垢《むく》な自分が勘違いして心拍数も上がってしまう。慌ててグラスに口を付けて表情を誤魔化すのが精いっぱいだった。

不自然に会話を止めてしまったので、どんな言葉を返そうか迷っていた俺の耳に、ドアを開けた時のカランコロンというベルの音が飛び込んでくる。待望の来客に、杏介が白シャツを下にピッと伸ばして俺の横を通り過ぎ、いそいそと入り口まで迎えに行った。

「……あ、天沢さん！」

「悠乃さん！　お久しぶり！」

背もたれの高い椅子をガタッと後ろに揺らし、理香さんが勢いよく立ち上がって入り口まで小走りで駆けていく。声のトーンは、仕事の電話に出るときのように高くなっていた。

相手の声のする方に体を捩じると、今月の頭にフレンチハイボールの謎解きを依頼してくれた雨宮悠乃さんだった。ブルーのサマーニットのトップスに、ライトブルーを基調にした白ドットのあるスカートで、とても夏らしい装いをしている。

そして、前回会ったときと違うのは、彼女の隣に男性がいるということ。黒と白のストライプシャツでジャケットなしのスーツ姿の彼が、件《くだん》のお相手だろう。

「こんばんは、船本です。悠乃さんがお世話になったみたいで、天沢さん、その節は本当にありがとうございました」

「いやいや、ワタシは大したことしてないですよ。美味しいお酒に合う謎解きができたので、それで十分です」

深々と頭を下げる船本さん。彼からすれば、理香さんが謎を解いたからこそ雨宮さんとの円満な関係が続いているわけで、恩人扱いするのも頷けた。

「こちらにどうぞ」

杏介が雨宮さんと船本さんを、俺達の隣のカウンター席に案内する。スペースに余裕があることを活かし、手早く二人の椅子をグッと俺達のいる方向と反対に寄せることで、全員で会話することもできるし二人同士でも話せるという絶妙な距離感を作り上げた。

「お二人とも、どうしたんですか今日は？」

より相手に近い席に座っている理香さんが尋ねると、雨宮さんは広げた右手のひらを上に向けて腕を伸ばし、俺の方を指した。

「謎解きの後、『リカー・ミステリ・オフィス』のアカウントにお礼や近況を送ってたんですけど、その時に進藤さんから行きつけの店だって紹介されたんで、今日来てみました」

「ああ、確かに教えましたね」

「久登、ナイス宣伝！」

杏介が急いで動いてやや乱れた短髪のくせっ毛をサッと右に流した後に、グッと親指を立てる。

「一杯目、何にしようかな。どうせなら天沢さんと乾杯したいけど……」

本革製のエンジ色のメニューを開こうとした雨宮さんに向かって、理香さんは喜色を湛えて呼びかけた。

「悠乃さん、ここには良いコニャックあるわよ」

「本当ですか！」

おそらくその注文を予見していたであろう杏介は、ちょうどバックバーから最も有名なブランデーの一つであるコニャックを取ってきて、「四人分でいいですか？」とカウンターにドンッと立てた。


「それでは再会を祝して乾杯！」

「乾杯！」

わざわざ立ち上がって挨拶した理香さんの掛け声で、ブランデーのソーダ割、フレンチハイボールで乾杯し、ゴブレットのグラスに口をつける。居酒屋でよく飲むウイスキーのハイボールにはない、ぶどう由来の上品で華やかな香りが鼻孔をくすぐる。口の中では弾ける炭酸に溶け混じって優雅な甘みと熟成された微かなスパイシーさが花開いた。

「これ、甘いだけじゃなくて美味しいよ、悠乃さん」

「ね、炭酸も強めで好きかも」

楽しそうに話す船本さんと雨宮さんの声が聞こえてくる。グラスに両手を添えたまま目を瞑って笑う雨宮さんは、幸福そのものといった様子だ。理香さんの謎解きは、間違いなく彼女が目指している「人を幸せにするお酒」になっていると思う。

「ねえねえ、悠乃さん。最近も色んなお店で飲んでるの？」

理香さんがグッと体を二人の方に寄せて訊くと、雨宮さんは答えを確かめ合うように船本さんの方に振り向き、互いに頷いた。

「そうですね。最近はクラフトビールにハマってるんです。ウイスキーほど高くないし、がっつりした料理も多いから船本さんも気に入ってるんですよね。もう少ししたら同棲始めようと思ってるので、近くのお店を開拓してます」

「同棲！　うわあ、お二人ともおめでとうございます、祝杯ですね！」

「ふふっ、天沢さん、今もう飲んでますよ」

飲むことが大好きな理香さんらしい発言に杏介を含めた全員が笑い、場が和む。

美味しいお酒は、大変だった仕事の辛さを流してくれて、こんな風に誰かと誰かを繋ぐ役割も果たしてくれる。お酒の良さが最近よく分かってきた。だからこそ、律季がまだお店をやっていたころに、もう少し通っていれば良かったと後悔したりもする。

「久登。これ、美味いぞ。レモンサワーで残ったレモンで作ったんだ」

「え？　ああ、ありがとう」

ややしんみりしていると、杏介が静かにレモンとパプリカのピクルスを出してくれた。

一口齧ると、カリッとしたパプリカの食感が嬉しい。目の覚めるようなレモンの酸味、ピリッとした赤唐辛子の風味が絶妙なハーモニーを奏でている。気落ちした表情を見せていた俺への、彼なりの気遣いかもしれない。感謝しつつ、一気にフレンチハイボールを飲むと、体が軽くなったように気が晴れていくのが分かった。

「いやあ、それにしても同棲かあ。なんかちょっと憧れるなあ！」

大きめの声で叫んでいる理香さんの声に呼応するように、雨宮さんも「まだ始まってないですから」とどこか嬉しそうに首を横に振った。二人とも、結構酔っているらしい。

「天沢さんと進藤さんもお似合いですよ？」

雨宮さんの言葉に、グラスを持つ俺の手と、カトラリーを拭く杏介の手がピタッと止まる。理香さんはどうリアクションするのだろう。結果が気になりすぎるものの、敢えて平静を装い、グラスキャンドルを見つめて会話には割って入らないようにした。

「いやいや、そんなそんな！　そんなんじゃないですよ！」

理香さんは喚《わめ》きながら、誰かを扇いでいるのかと思うほど大げさにブンブンと手を振る。

「ね、久登君」

「あ、え、はい」

お互い男女として意識する年齢になる前からの付き合いとはいえ、こうもきっぱりと否定されるとさすがにショックだ。

「さて、次は何飲もうかな！」

理香さんは上機嫌に席を立ち、スキップのような足取りで化粧室へ向かって行った。

「………はあ」

思いっきり溜息をつくと、杏介が同情するように深く頷いた。

「天沢さんはあれで悪気はないからな」

「知ってるって……どうやったらうまくいくかなあ。やっぱり押さなきゃダメかあ」

思わず心の内を吐露すると、彼はいっぱいにした水差しを俺の横に置きながら答える。

「久登、押すばっかりも苦手だろ？　一歩引いて、相手をしっかり受け止めるのも良いと思うぜ。ほら、お酒もアタックのインパクトが強いものより、じんわり舌に馴染むものの方が好きな人も多いからな」

「相手をしっかり受け止める、かあ」

項垂れながら復唱して、しばらく経った時だった。

「なになに？　何の話してるの？」

「うわっ、理香さん！」

無意識にボサノバのピアノソロに聞き入っていたのか、考え事に没頭していたのか、背後にいる彼女に気付かなかった。

「なんでも！　なんでもない！」

大げさに首を振り、「なあ！」と杏介に同意を求めると、杏介も激しく頷く。

「そ、そうなんですよ、もう一種類、黒糖ジンジャーレモンサワーってのが作れるぞって話をしてたんです」

「へえ、それも美味しそうね！」

なんとかピンチを切り抜け、それ以上何も詮索されないようスマホを取り出してSNSを開いた。

「あっ」

「どしたの、久登君」

思わず漏れてしまった小声に、隣に座った理香さんが首を伸ばして反応する。

「一昨日、依頼が来てたって話したでしょ？　日程調整してた件」

「男の人の依頼だよね？」

「そうそう。今開いたら『もう遅いかもしれないけど今日でも大丈夫です』って返信が来てた」

彼女は「ホントに？」と左手首を表に向け、内側に向けて着けた時計を見た。

「じゃあ今から会おっか。まだ一九時半だからね。せっかく集まってるんだし」

「そう、だね」

そんなことを言ったら俺だって「せっかく二人で飲んでるんだし」なんだけど、既に謎解きを楽しみに目を爛々《らんらん》と輝かせている彼女に合わせるしかなかった。

「久登君、場所の希望は何か言ってきてる？」

「今日は仕事休みだからどこでも行けるって。足立区《あだちく》の方に住んでて、千代田線《ちよだせん》ユーザーらしいよ」

「そっか。謎のテーマはなんだっけ？」

「今回はビールだね」

「ビールね……」

しばらく考えた後、彼女はおもむろにスマホを取り出し、フリック入力とタップを繰り返した。どうやら、乗換案内とお店の口コミサイトを交互にチェックしているらしい。

「うん、上野《うえの》にしよう！　御徒町《おかちまち》との間くらいに、行ってみたかったビールのお店があるの。千代田線使ってるなら、北千住《きたせんじゅ》駅で日比谷線《ひびやせん》に乗り換えればいいから、二十分くらいで着くはずよ」

「上野ね、分かった。飯田橋からだとどうやって行くんだ……？」

パッと行き方が浮かばなかった俺にダメ出しをするように、彼女はチッチッチと指を振ってみせる。

「秋葉原で乗り換えね。ちなみに、大江戸線《おおえどせん》で上野御徒町《うえのおかちまち》駅まで一本でも行けるわよ」

「あ、確かにその手もある！」

「久登君、このままじゃ時刻表トリックの依頼が来ても解けないわね」

「いや、お酒でどうやって時刻表トリックが出てくるの」

「ふふっ、だよね！」

俺のツッコミがツボにハマったのか、理香さんはグーに握った手を口元に当て、クックックと笑い声を漏らした。

「じゃあ、連絡してみるね。理香さん、お店教えてくれる？」

理香さんにお店のページのURLを送ってもらい、依頼人にメッセージを送る。

「返事来たよ。二十時半くらいには行けるって。夕飯は早い時間に食べたらしいよ」

「ありがと、久登君」

「お、久登。これから依頼人と会うのか！　天沢さんも頑張ってください！」

途中から話を聞いていた杏介が大きな声でリアクションすると、その声が耳に入ったらしい雨宮さんもパッとこっちを向く。

「天沢さん、事件なんですね。今回もいっぱい飲んで解決してくださいね！」

「ええ、楽しい二次会になりそう！」

ご満悦でバッグにスマホをしまう理香さんに、俺は前から気になっていたことを聞いてみる。

「理香さんさ、別に無理にビールのお店で移動しなくてもいいんだよ。この店でレモンサワー飲みながら話聞いた方がゆっくりできるんじゃない？」

「いやいや、久登君、分かってないわね。謎と同じ酒を飲むから依頼人の話が良い肴になるんじゃない！」

「ううん、そういうものなのかなあ」

それにね、とすまし顔で人差し指を立てる探偵。額が丸見えで、眉がピッと上がっているのがよく分かる。

「ビールの話聞きながらレモンサワー飲んだら味が混ざっちゃうでしょ？　ちゃんぽん飲みは危険だし」

「ぶはっ！　何それ！」

突然出てきた斜め上の回答に、堪らず吹き出してしまった。どうやら彼女は耳からもお酒を飲むらしい。杏介も雨宮さんも、彼女の隣の船本さんも一斉に朗笑する。

「よし、じゃあ俺は急いで残りのサワー飲んじゃおう」

「久登君、ちょっと待って。瀬戸内君、さっき話してた黒糖ジンジャーレモンサワーも飲んでみたい！」

「お、かしこまりました！　急いで作りますね！」

冷蔵庫から、生姜を漬け込んだ黒いシロップの入った保存容器を取り出しながら、杏介はいそいそと空のグラスを二つ用意する。

「理香さんは頼むだろうなと思ってたよ」

彼女が如何にお酒が好きか改めて実感しながら、俺も締めの一杯に付き合った。

「上野の街を歩くの、久しぶりかも」

「リーちゃんもか。俺も最近は全然来てなかったな」

秋葉原駅で総武線から山手線《やまのてせん》に乗り換えて上野駅で降車し、上下に入り組んだダンジョンのような駅構内を歩いて改札を出ると、大きな交差点が出迎えてくれた。二人になったのでタメロに戻りながら、信号が青く灯るのを待つ。

新幹線も乗り入れている、東京でも有数の大きな駅であるこの上野のエリアは、飲める場所も相当な数にのぼる。昔ながらの安居酒屋や立ち飲み屋も多い一方で新しいスタイリッシュなバルも増えていて、群雄割拠の様相を呈していた。

「んっと、地図によると……あそこの大通りを渡るんだな」

〝不夜城：東京〞の代名詞とも言える極彩色のネオンが煌々《こうこう》と通りを照らし、俺のストライプの白ワイシャツを原色に染めていく。

「なんか暑いのか寒いのかはっきりしない天気なのよね」

「女子はカーディガンで調整できるの、便利だよな」

午前は快晴で熱中症の心配すらある夏本番だったのに、午後のゲリラ豪雨を機に一気に気温が下がり、強風も吹いてきたせいで、いつもより着込んでいる女性が多い。理香さんもご多分に漏れず、さっきまでの白ブラウスの上に、ベージュに白ドットの薄手のカーディガンを羽織っていた。

「お、リーちゃんから教えてもらった店、ここかな。こんなところに飲み屋があるんだ」

「雑多な街だからね」

目的の店は、歓楽街、所謂「夜の店」の通りにあった。往来での呼び込みは規制されているので、露出の多い格好をした女性が店の連なるビルの前に立っていて、理香さんと一緒だと普段より余計に目のやり場に困る。もっとも、彼女本人はあまり気にしていないのか、けろりとしていた。

一階から四階まですべて飲み屋となっているビルの中に入る。目当ての店は最上階だ。

「いらっしゃいませー！」

エレベーターの扉が開くと同時に、カントリーミュージックが耳に流れ込んでくる。すぐに店員が明るい声で出迎えてくれた。

「お二人様ですか？」

「後から一人来るので三人です。できたら壁際の席がいいんですけど……」

「かしこまりました。空いている席を確認いたしますので少々お待ちください！」

依頼人の話を聞きやすい場所を希望し、店員がパソコンの画面を確認している間、レジの横から顔を出して店内を覗き見る。

ライトブラウンの正方形テーブルに、理香さんの髪のようなダークウッド色の椅子が四つ置かれているのがテーブル席一セット。このテーブル席が、店内に所狭しと配置されている。

調理が見えるようになっているキッチンの左隣には酒樽、右隣にある棚には果物とお酒の入ったグラスジャー、天井には全方位の壁まで張られた三角旗のガーランドとごちゃごちゃした内観だったけど、むしろ賑やかさが強調されていて目を楽しませてくれた。

「お待たせしました、こちらへどうぞ！」

店員の後をついて歩いていくと、他のテーブルのチキンステーキやソーセージの鉄板焼きが視界に入ってきて、香ばしい肉とソースの匂いにさっき西京焼きを食べたはずの胃袋が刺激される。冷房が入っているもののかなり弱いと感じるのは、ビールを美味しく飲んでもらうための秘訣なのかもしれない。

案内されたのは希望通りの壁際の席で、依頼人が来たことが分かるよう、二人で向かいではなく直角に並んで座った。

「まだ二十時ちょっと過ぎか。リーちゃん、先に頼む？」

「ううん、向こうが来てからにしよ」

依頼人が到着したらスムーズに注文できるよう、ビニール製のメニューブックを開く。

さすが理香さんが今回の謎のテーマであるビールをポイントに選んだ店、国別にクラフトビールのページがあり、知らないカタカナの名前が並んでいる。

「リーちゃん、クラフトビールって何なの？　海外のビール？　あ、でも、ここには日本製のビールも載ってるな」

「もう、キュー君、さっき同じタイプのもの瀬戸内君のところで飲んできたじゃない！」

「同じタイプ……あ、クラフトジン！」

正解を示すオッケーマークを作ってカラカラと笑いながら、理香さんはメニューの中のビールをすらっと長い指で差した。俺が置いていた手に彼女の指がチョンと触れ、ドキッとして脊髄反射のように手を引っ込める。

「クラフトジンと一緒で、簡単に言えば、大きなメーカーじゃない小さな醸造所《ブルワリー》が造る個性的なビールのことよ。クラフトって『職人の技』って意味もあるでしょ？」

「そっか、確かに。熟練の職人のことをクラフトマンって言うもんね」

国とか製法の話じゃないんだな。

「日本では昔はよく『地ビール』って呼んだりしたけどね」

「あ、『地ビール』って旅行先でよく聞く」

そうそう、と頷く彼女はしかし、ちょっと苦い顔をしている。

「以前は国内では、大量生産できないとビール製造の許可はおりなかったんだけど、規制緩和で小規模しか造れない醸造所でもオッケーになったの。だから各地で町おこしのために、たくさん地ビールが造られたのよ。でもキュー君、想像してみて。そんな、大した技術もない状態で急ごしらえで造られたビールが美味しいと思う？」

「いや、あんまり……」

町おこしのために造ることありきで進んでるだろうし、味は二の次、手軽なお土産という位置づけだったに違いない。

「そうなの。だから地ビールブームはそんなに続かなかった。しかし！」

おどけた彼女は、おしぼりをトントンと叩いて拍子を取り、まるで講談師のように抑揚をつけて話を続けた。

「一部の醸造所は、ブームが終わった後も技術を磨いて、世界でも評価されるクオリティーのものを造れるようになった。で、最近の海外クラフトビールの人気も追い風になって、日本の地ビールは『クラフトビール』に生まれ変わってまたブームが来てるのよ」

「へえ、日本のビールにも歴史あり、だな」

「国内だと、ビールは大手メーカーが寡占してるでしょ？　クラフトビールの醸造所は物量では勝てないけど、自分達なりにプライドを持って、技術《クラフト》を駆使して、美味しいビールを造ってファンを掴んでるの。そういうところもお酒の好きなところね。どんなお酒にもストーリーがある」

ストーリーごと味わうというのは、俺も惹かれる。彼女からこういう話を聞きながら飲むお酒は、何も知らずに味わうより美味しく感じられるのだ。

「実際、クラフトビールも大分知名度が上がってるしね。長野の『よなよなエール』とか知ってるでしょ？」

「あ、スーパーでその名前見たことがある気がする」

「同じ醸造元で、エールビールって呼ばれるタイプのビールを何種類も出してるの。『水曜日のネコ』とかも飲みやすいクラフトで有名ね。『東京ブラック』は麦芽をローストしてるからちょっとコーヒーっぽかったりするわ」

スマホで「よなよなエール」を検索すると、見覚えのある半月を少し膨らませたような月のデザインされた缶が出てきた。

「『よなよなエール』は国内のコンペティションでもたくさん金賞を取ってるの。王道のエールビールの味わいだから初めて飲む人にもオススメよ」

「エールビールって前にリーちゃんに教えてもらったな……酵母がどうとか……」

理香さんは「やれやれ」と冗談交じりに肩をすくめ、説明するために握った二つの拳を体の前に出した。

「エール酵母を使ったビールをエールビールって呼ぶの。ビールの発酵の種類は、自然発酵を除くと、エール酵母を使う上面《じょうめん》発酵と、ラガー酵母を使う下面《かめん》発酵の二種類があるのよ。ラガーは日本でもよく聞く名前よね」

確かに、ＣＭでも耳にする言葉だ。

「エールの上面発酵は、昔ながらの造り方なの。酵母が麦汁の表面に浮き上がるから上面って呼ばれてるわ。下面発酵はその逆で、酵母がタンクの底に沈んでいくの。中世以降に広まった造り方なんだけど、低温で発酵するから雑菌対策がしやすかったのよね」

「ああ、そっか。メーカーからすれば大量に製造しやすいのか」

俺の推理とも呼べない推理に、彼女は「ご名答」と小さく拍手をくれた。

「味も全然違うわ。ラガーは喉ごしスッキリでゴクゴク飲める、まさにワタシ達がいつも飲んでる生ビールね。一方でエールは華やかな香りと芳醇な味。ワイン好きな人とかも入りやすいビールだと思う」

「ふむふむ、今日エールビールを飲むのが楽しみになってきた」

「でしょ？　どれから飲むか迷うわね」

メニューを開いて左上から順に見ていた彼女は、ふと首の動きを止めた。視線もメニューのどこかに釘付けになり、口元に微笑を浮かべていたのも戻して真顔になっている。

「どした、リーちゃん」

俺の問いかけに、理香さんは唇を内側に巻き込んで、メニューの中の一つをトントンと指で叩いた。

「このビール、お父さんが好きだったなって」

「ああ、うん」

懐かしんでるのか、辛かった日々を思い出しているのか、表情からは読めない彼女にどんな風に返すのが正解か分からなくて、曖昧に濁す。

理香さんは強くふうっと息を吐き、ゆっくりと話しだした。

「家庭をぐちゃぐちゃにしたことを憎んでいるけど、どこか憎みきれない部分があってね。もちろん悪いのは飲むことに逃げて荒れた本人なのよ。でも、仕事がきっかけだとしたら、家庭を守ろうとして一生懸命働いた結果ともいえるから」

父親への想いを吐露した後、最後に苦笑いしてこっちを向く。

「こうやって考えだすと、いつもぐるぐる深海を泳ぎ回る感じになって、終わりがないのよね」

「……そっか」

何を伝えればいいかやっぱり迷ってしまって、聞くことだけはできるよ、という気持ちだけ込めて一言だけ返した。

逃げ場を酒に求め、結果的に家庭を壊してしまった理香さんの父親。しかし彼女は、そんな父親を許したい気持ちがあるのだと改めて理解する。俺には彼女の気持ちを完全に分かってあげることはきっとできないけど、こうしてふとした時に話せる相手でいたいな、と強く思った。

「さて、切り替え切り替え。依頼人もそろそろ来――」

　言葉を途中で止め、理香さんが入り口を眺めるように首を傾ける。やがて、胸元で小さく見ている方向を指差しながら俺に目配せした。

「ねえ、あの人、そうじゃない？　若い男子なんでしょ？」

「ああ、たぶん彼ですね」

　タメ口の時間はおしまい。敬語に戻しながら、手を振っている俺を目印にこちらに近づいてくる彼を見遣る。

　もはや金色と呼んでもいいような、かなり色の抜けた茶髪のショート。大きくハワイの地図が描かれたTシャツにデニム姿の男子が、ワイヤレスイヤホンを外しながらこっちに近づいてきた。

「どうもっす。進藤さんですよね？」

「あ、はい。えっと、依頼してくれた古橋《ふるはし》さんですか？」

　彼は顎を突き出すようにして頷く。年齢は、自分より少し若いくらいだろうか。

「古橋泰吾《たいご》でっす、よろしくお願いします」

　挨拶を終えた古橋さんは、ボディーバッグを椅子に掛けながらニッと白い歯を見せる。

「進藤さん、オレと同じかちょい上くらいっすよね？　自分、二二歳になったばっかなんで、随分若い探偵さんだなって驚いてます」

「あ、いや、俺じゃないんです」

　また間違えられた。ホームズやポアロ、あるいはミステリー漫画の影響か、「探偵は男」という先入観が強いらしい。

「探偵は彼女です、天沢理香さん」

「え、お姉さんの方っすか！」

　隣のテーブルにばっちり聞こえるくらいのボリュームで驚嘆の声をあげた古橋さんに、理香さんは「あっはっは、お姉さん探偵です！」と豪快に笑って握手の手を差し出した。

「へえ、クラフトビールってそういうビールのこと言うんすね。オレ初めて知りました」

　古橋さんが席についたところで、彼女がもう一度クラフトビールについて簡単に講義を行うと、古橋さんも軽く腕を組んで感心する。

　あどけなさの残る童顔だし、地声も高め、おまけにノリも軽いので学生っぽく見えるが、今日のSNSのやりとりでは働いていると書いていた。今年で二三歳ということは、大学卒ではないキャリアで就職したのだろう。

「一杯目はどれが良いかな……理香さん、オススメありますか？」

　乾杯のビールを選ぶためにメニューを開いたものの、馴染みのないカタカナの名前が多く、見開きのまま理香さんに渡す。彼女は「どれどれ」と手を擦り合わせながらグッと椅子を引いて体を寄せた。

「乾杯ならヴァイツェンがいいかもね。苦みが控えめのエールビールで飲みやすいから」

「ヴァイツェンっていう名前のビールなんですか？」

英語ではなさそうな単語を口にした彼女に尋ねると、首を小さく横に振って説明を始めてくれる。

「商品名じゃなくて、ビアスタイルって呼ばれるビールの種類ね。例えば……炭酸飲料も、原料や作り方によって、コーラとかジンジャーエールとか種類が分かれるでしょ？　それで、同じコーラでもメーカーによって色んな商品名が付いてる。それと同じね、ほら」

彼女がメニューの一ヶ所を指差す。「エルディンガー ヴァイスビア」という品名の横に「正統派のヴァイツェンで……」と説明が書いてあった。なるほど、ビールのタイプを表す呼称ということか。

「ちなみに、日本の大手メーカーから出てるビールはほとんどピルスナーって呼ばれるビアスタイルなのよ」

「へえ！　あんだけ種類出てるのに一種類なんすね！」

古橋さんが眉をキュッと上げながら相槌を打つ。もともと高めの声が、更に高くなった。

「じゃあ、全員このエルディンガーのビールで良いかしら？　古橋君も夕飯は食べてきたって言ってたわよね。じゃあ料理はちょっと後にしましょう」

俺と古橋さんが同時に頷き、理香さんは店員を呼んでヴァイツェンを注文する。店内は混んでいたが、ちょうど他の人のオーダーの隙間だったのか、すぐに運ばれてきた。

ジョッキより一回り小さいグラスに注がれているのは、いつも飲んでいる「生中《なまちゅう》」に近い黄色いビールだけど、やや色が薄い気がする。

「じゃあ古橋君、今日はよろしくね！　乾杯！」

「こちらこそお願いしまっす！」

トンッとやや鈍い音を響かせ、三人でグラスをぶつけ合った。

飲んだことのないお酒を飲むときは、いつも緊張と興奮で胸を高鳴らせながら顔を近づけていく。

ビールはちびちび飲んでも美味しくない。思い切ってグッとグラスを傾ける。途端、口を通って喉に流れ込んでくる、優しく弾ける刺激。

「すごい！　めちゃくちゃフルーティー！」

「ヴァイツェン、ヤバいっすね！　全然苦くない！」

バナナを彷彿とさせるフルーツのような膨らみのある甘い香りと、苦みのほとんどない柔らかな味わい。それでいて、旨みと炭酸はしっかりしていて「ビールを飲んだ」という満足感はしっかりある。ビールのあの苦みがダメ、という人でもグイグイ飲めそうだ。

「もともとドイツの伝統的なビアスタイルなのよ。エルディンガーっていうのもドイツでは有名なヴァイツェン系の酒造メーカーね。ビールを造る時に普通は大麦を使うんだけど、ヴァイツェンは小麦を五十パーセント以上使うの。その成分の差が、この白っぽい色合いやマイルドな味わいに出てくるのよ」

ヴァイツェンはドイツ語で「小麦」って意味だからね、と彼女は唇に白い泡をつけて教えてくれた。

古橋さんはよっぽど味が気に入ったのか、「美味い！」と連呼しながら一口、また一口と飲み続けている。それなりに量が入っていたグラスなのに、既に飲み干しそうな勢いだ。

「すごいっすね、天沢さん。酒博士じゃないすか」

「いやいや、そんな大したものじゃないって」

グラスを置き、少し居住まいを正す。本題に入ろうとしているのだろう。

「急に呼んでごめんね、古橋君。しかもこんな夜に」

「いえいえ、普段の日中はオレも仕事ですし」

「うん、でも小さい子いるみたいだから、悪いなあって。休日は依頼受けてないから、平日夜しかやってなくてね」

「え……」

一見何気ない話に聞こえる彼女の言葉に、古橋さんは口を半分開けたまま目を丸くした。

「なんで子どものこと……オレ、指輪もしてないし、進藤さんにも言ってないですよね？

え、会ったことありましたっけ?」

既にレモンサワーを数杯飲んでいるので、彼女の推理力も目覚めている。相手のことを見抜くのは、挨拶代わりのマジックのよう。そして俺も、依頼人と一緒に驚く観客だ。

「貴方のTシャツのシミよ」

さもおかしそうに、彼はクリーム色のTシャツのお腹辺りを指す。そこには、若干薄い、輪状になった赤っぽいシミが幾つかあった。

「それってクレヨンの跡でしょ? 高校からの友達に子どもがいて、話聞いたことあるんだけど、服がクレヨンで汚れた場合、クレンジングオイル使って落とすのよね。その時、汚れの周囲からオイルつけるのが正しいやり方なんだけど、焦って汚れた部分の真ん中につけると、真ん中だけ落ちて思いっきりリングの形になっちゃうって、失敗談を教えてもらったのよ」

なるほど。クレヨンの汚れなら、小さい子どもがいるって考えるのは自然だな。

「もともと古い服だったら汚れたのをきっかけに捨ててもおかしくないけど、そうしてないってことは新しいシャツなんだと思う。見たところ、襟ぐりもヨレてないしね。つまりクレヨンの汚れは最近できたもの。二二歳っていう年齢考えても、子どもがまだ小さいんじゃないかと思ってね」

言われてみれば、いちいち納得ができる。でも、その思考の過程を飛ばして結論だけ言われると、本当に彼女が魔法でも使ったかのように見えてしまうのだ。

「やべえ……本物の探偵だ……」

呆然《ぼうぜん》とした表情で古橋さんがボソッと呟く。推理が当たったことが嬉しいのか、満足気な笑顔を咲かせている理香さんは、「早く謎を聞かせて」と言わんばかりに椅子を引いて身を乗り出した。

【事件編】シェアハウスの一件

「それじゃあ古橋君、できるだけ詳細に話してくれる？」

「分かりました。つっても、オレの友達の話なんで、どこまで正確に言えるか分かんないっすけどね」

「え？」

思いがけない一言に、俺は会話に割って入った。

「あの、古橋さんが謎を経験した本人じゃないんですか？」

「違いますよ。本人はちょっと夏風邪かかってて仕事も休んでるんすよ。でも、事情があって早めに解決しないといけないんで、代わりにオレが来ました」

友達のためにわざわざ依頼してここまで来た、ということに驚き、自然と「すごい」の一言が口をついた。これまでのノリから、なんとなく友人とも軽い付き合いをしているのかと思いきや、結構情に厚いようだ。

「んっと、何から話すかな……オレ、高校出て、特に行きたい大学もなかったし、ゲーム好きだから、グラフィックデザイナーみたいなのやりたいと思って専門学校行ったんすよ。でも何か難しいし、課題多いし、センスないし、結局辞めちゃったんです。

　それでフリーターになったんすけど、同じようにその専門辞めたり、卒業したけど仕事決まらなかったりしたフリーターの仲間が多いんですよ。まあオレみたいに家族いるヤツとかはバイトじゃダメなんで、ちゃんと仕事見つけてますけどね。オレも今は契約社員で営業やってます」

　正社員狙ってるんだけど厳しいっすね、と苦笑いする古橋さん。今日はたまたま有休を取っていて、日中は家族で出かけていたらしい。

「まだフリーターやってるヤツの中には、固定費節約するためにルームシェアしたりシェアハウスに住んだりしてるヤツも結構いるんですけど、そん中の一人が鶴北駿《つるきたしゅん》っていう、今回の謎に巻き込まれた張本人です。

　鶴北は一フロアに五、六人住めるマンション型のシェアハウスに住んでるんですよ。全部が個室に分かれてるんじゃなくて、フロアの壁がぶち抜きになってるんです。入り口開けると中央に共同キッチンと大きなリビングがあって、シャワーとトイレも共同、あとは個々の小さな部屋がある、って造りなんです」

　同じような形態の大学寮も本で見たことあるな、などと思い出しながら理香さんを見ると、顎に指を当てて、興味深そうに頷いている。

「自分の部屋はほぼ寝るだけで、キッチンとかシャワーはみんなが使ってない時に自由に使うってことか。ってことは同居人に会う機会も多いってことね」

「うっわ、天沢さん、さすが鋭いっすね。正に今回の謎も同居人が絡んでるんですよ！そのシェアハウスにアロイスっていう外国人が一時入居してきたらしいんです。一、二週間住んでる間に、こっちでの仕事探しとか役所の手続きとかやって、一日帰国して諸々の用意をした後に正式にシェアハウスに住むって感じですね。アロイスはベルギーから日本に移るみたいです」

「ベルギーですか？」

　普段ビールかチョコレートくらいでしか聞くことのない国名だったので、つい聞き返してしまうと、古橋さんは「っす」と空気だけの相槌を打った。

「わりかし多いみたいっすよ。向こうでは日本のアニメやキャラクターもそこそこ人気らしくて。前にもベルギーから来たヤツがそのシェアハウスに住んでたって鶴北から聞いたんですけど、アロイスのスーツケースについてた丸い缶バッジの国旗が一緒だったたって言ってました。あとは……あ、ビールジョッキの絵のTシャツ着てたみたいですよ」

「えっ、何それ、ちょっと欲しい！　ベルギービールTシャツ！」

急にテンションを上げる理香さん。ツボに入ったのか、ケタケタはしゃぎながら五千円までなら出すと勝手に宣言していて、古橋さんも苦笑いしていた。

ビールを飲んだこともあり、暑くなってきたのか、理香さんはベージュのカーディガンを脱いで椅子に掛け、彼の方に向き直る。

「ごめんごめん、古橋君、続けて」

「はい。鶴北は初めはアロイスを見て、『細身で背が高いなー』くらいしか思ってなかったらしいんですけど、二人ともゲームが好きって共通点があったんです。

共有リビングには大きいテレビがあって、そこで深夜に鶴北が一人でゲームしてたら、アロイスが来て意気投合したみたいなんですよね。ほら、日本のゲームも海外で人気らしいじゃないすか。それで別の日に、鶴北の部屋でゲームする約束をしたらしいんですよ」

「ふうん、鶴北君は英語とかベルギー語とか話せたの？」

素朴な疑問を挟み込んだ理香さんに、古橋さんはビッと人差し指を向けた。

「それ！　オレも初めはびっくりしたんですよ。アイツ、英語もさっぱりなのにどうやって会話したんだろうって。そしたら、アロイスが片言の日本語喋れたみたいっすね。

えっと、それで当日、鶴北はアロイスをもてなすように海外のビールを用意してたみたいです。あとは何て言ってたかなあ……。あ、夕方部屋で少し酒飲んだ後に共有リビングまで行ったら、アロイスは夕飯中でパン食べてたらしいっすね。んで、ここからが問題なんですけど……自分の部屋に案内しながら、鶴北は面白いものを用意してる、ってビールの話をしたんです。でも、いざ紹介しようとしたら、アロイスがなんか怪訝そうな顔して『やっぱり遊ぶのはやめる』って部屋に戻ったらしいんすよ」

「ちょっと待って古橋君。急にやめるって言い出したってこと？」

彼女が身を乗り出し、眉をキュッと上げながら訊くと、彼も不思議そうに「はい」と少し口をすぼめてみせた。

「急にらしいっす。顔を顰めたって言ってました。で、まあ鶴北も酔ってたせいか、『なんでだよ』って突っかかったみたいなんですよね、それでそのまま相手とケンカになって。

結局、アロイスはその後すぐに帰国しちゃったらしいんですけど、また来月頭にはシェアハウスに戻ってくる予定なんですよね。だから、なんで彼が渋ったのかが分かれば、今度は一緒にゲームできるんじゃないかって鶴北が言ってて、それで今のうちに謎を解いてもらおうと思って『リカーミステリ・オフィス』に連絡したんです」

なんか前に噂で聞いたことあって、ネットで探したらあの進藤さんが使ってるアカウントが出てきたんすよね、と彼は前屈みになっていた姿勢をグッと後ろに反らしながら話を終えた。

「ありがとね、古橋君。久登君、聞きたいことある？」

「いや、今の時点では特にないですよ」

概要は分かったので質問は遠慮したとはいえ、謎の方はさっぱり分からない。アロイスさんが渋った理由なんて、今の時点では幾らでも想像できてしまう。「鶴北さんが飲んで酒臭かったから」なんて答えかもしれないのだ。

隣の探偵はどうだろうとちらと見てみると、前髪を全て後ろに持っていって丸見えのおでこの真ん中、眉間に思いっきりシワを寄せていた。どう筋道を立てて推理していいか、彼女も悩んでいるのだろうか。

やがて、「いただきます」をするように、パンッと両手を合わせた。

「よし、いったんビールおかわりしよ！」

「……はい？」

予想の遥か斜め上の回答に呆《あき》れたものの、よく考えたら彼女は「酔って推理をする探偵」だ。お酒を欲するのは、筋トレしている人がプロテインを求めるようなものかもしれない。

「次はどうしようかな……二人とも、ワタシと一緒のものでいい？」

「はい、理香さんのオススメ飲みます」

「オレも酒博士に任せます！」

信頼を置いてもらえたのが嬉しかったのか、彼女は顔を綻ばせて店員を呼び、あえて俺達に秘密にするように、小声で何かを注文した。

程なくして、丸みがあって背の低い、でっぷりしたワイングラスで暗褐色のビールが運ばれてきた。彼女に言わせるとこの色は「マホガニーレッド」らしい。

「バーレーワインよ」

「ワイン？　ビールじゃなくてですか？」

不思議な色の液体を怪訝そうな顔で見つめる古橋さんが尋ねると、理香さんは「誤解される名前よね」とグラスをゆったり回しながら続ける。

「ブドウじゃなくて大麦から造る、れっきとしたイギリスのビールなの。イギリスではワインをほとんど造ってなかったから、イギリス流のワインってことで敢えてこういう名前にしたのかもね」

「え、理香さん、イギリスってワイン造ってないんですか？　フランスとかイタリアとかは有名なのに？」

てっきりイギリスも同じように造っているものだと思いこんでいた俺に、理香さんは楽しそうに解説してくれた。

「イギリスって、昔から農作物が育つ条件に恵まれていなかったのよね。寒冷で土地も痩せてるし、日射量も少ないから、穀物や芋しか育たなかった。ブドウを育てるのが難しい環境だったってことね。それに、隣のフランスには最高級のワインがあるから、当時のイギリスの貴族達もそれを輸入して飲んでた。わざわざ環境が悪い国内でワインを造る必要がなかったのも発展しなかった理由の一つだと思う」

確かに、ワイン大国であるフランスのワインが容易に手に入るなら、自国で無理に醸造する気にならないのも頷ける。

「だから、フランスのワインに対抗するためにバーレーワインって名前にしたのかもしれないわね。ちなみに、最近は地球温暖化の影響でイギリスにもブドウ栽培に適した地域が広がってきて、ワイン産地になってるのよ」

「そうなんですね。単に歴史があるだけじゃなくて、時代と共に変わってきてるっていうのが面白いなあ」

俺の感想に頷いた古橋さんが、続けて質問する。さながら、ビールに関する課外授業だ。

「これって味もワインっぽいんすか、天沢さん」

「さすがに原料が違うからワインに似てるとまでは言えないけど、度数はワインに結構近いくらい高いわね。あとはバーレーワインって長期間熟成するから、芳醇な香りや味が特徴かな。他のエールビールの熟成期間ってだいたい二、三週間だけど、バーレーワインの熟成には半年から一年くらいかかるのよ。香りからしっかり楽しんでみて」

古橋さんが「わっかりました」とグラスを自分の手元に引き寄せたので、俺もグラスを持ち上げた。ゆっくり顔を近づけると、まずは甘さを含んだ芳香が鼻をくすぐってくる。

一口含むと、レーズンのような甘さと渋みが押し寄せ、さっきのヴァイツェンとは味わいが全く異なることに驚いた。熟成の結果なのか、シャンパンのような華やかさも乗っかってきて、俺達の持つビールのイメージを覆す上品さが感じられる。更に普段飲んでいるビールよりもアルコールを強く感じ、飲みやすさにつられて数杯飲んだら危険だと肌で分かる。なるほど、これはワインという名前を冠するのも納得だ。

「うわ、天沢さんこれ、全然ビールっぽくないっすね！」

「ね、古橋君、面白いでしょ。熟成させてる感じがよく出てるわよね。ワイン酵母やシャンパン酵母を使ってる銘柄もあるのよ」

「これ、何も説明されずに飲んだら、絶対ビールって分からないですね！　すごいお酒があるんだなあ」

感動頻《しき》りで飲んでいると、店員がパイ生地の料理を運んできた。

「豚肉とリンゴの自家製ソーセージパイになります」

メニュー名だけで既に興味をそそられる一品は、上から眺めている分にはソーセージらしきものは見えない。パイの中に閉じ込めてあるのだろうか。

「イギリスのパブで出てくるらしいわよ。豚ミンチとリンゴ果汁で作ったソーセージをパイ生地で巻いた料理ね。ワタシも初めて食べるの！」

「理香さん、ホントに詳しいですね」

日本の酒と肴にとどまらない知識に脱帽しつつ、ナイフで切り分けて頬張《ほおば》ってみる。ソーセージということでかなり脂っこいかと思いきや、ジューシーさを残した賽《さい》の目状のリンゴのおかげで全然しつこくない。塩気と甘味の混ざる不思議なソーセージの味わいとパイのサクサクの食感に、ついつい二口、三口目と進んでしまう。

「美味しい！　我ながら良い料理チョイスしたわね！」

上機嫌な理香さんが、自画自賛の言葉に自ら音頭を取るように指をパチンと鳴らす。

そう、このパイにバーレーワインが絶妙に合うのだ。リンゴの酸味とバーレーワインのフルーティーさがマッチするうえに、しっかりした料理の味を濃厚なビールが綺麗に流して、口の中をリフレッシュしてくれる。さすが、料理のコーディネートも抜群だな。

「理香さん、謎解きの方はどう？」

ふと聞いてみた途端、彼女は花が急速に萎《しお》れるかのように項垂れた。

「全然ね。アロイスさんがどんな風に怒ってたかとか、鶴北君がアロイスさんに何か言ってなかったかとか、もう少しピースを集めたいなあ」

先ほどの古橋さんの話だけでは推理しきれないのだろう。いつものように、髪も解いていない。

「天沢さん、やっぱり難しいすか？」

「ううん、もう少し鶴北君本人に聞ければいいんだけど……あっ！」

両手で頭を抱えていた彼女は、不意に古橋さんに向かってバッと顔を上げる。

「ねえ、鶴北君の風邪って治りかけ？」

「え？　あ、はい、熱はほとんどないって言ってました。でも外に出るのは難しいって言ってたんで、ここには来れないかな」

「応対できるなら十分だわ」

左腕を返し、手首に巻いた時計を見る彼女。随分経ったように思えるけど、ちらと見えた時計の短針は、まだ九になっていない。

「古橋君、協力してくれる？　探偵もリモートの時代だしね！」

そう言って彼女は、カバーの上からスマホをトントンと叩いた。


「鶴北から、もうかけても大丈夫って返信来たんで、繋ぎますね」

古橋さんがスマホをタップし、ビデオ通話で鶴北さんに発信する。程なくして、電話の向こうから声がした。

「よお、泰吾」

「あ、もしもし。駿、時間くれてありがとな」

すぐに古橋君はスマホを横にして、俺達三人が映る場所にテーブルの端に置いた。

画面に映っている茶髪の男性が、今回の謎を経験した張本人、鶴北駿さんらしい。

「泰吾、悪《わり》いな。オレのために色々動いてくれて」

「気にすんなよ。具合大丈夫か？」

「ああ、結構長引いてるけど、少なくとも明後日には仕事復帰できそうだ」

古橋さんの友達思いな面を垣間見ながら、ベッドに腰掛けている鶴北さんを観察する。

かなり赤っぽい茶髪に、やや面長で薄い顔。今年二五歳の俺が言うのもなんだけど「今時の若者」っぽい。ヨレヨレの赤い夏フェスのTシャツを着ているけど、ずっと寝込んでいるというから部屋着なんだろう。

「じゃあ駿、これから探偵の天沢さんに代わるから」

「分かった」

古橋さんに促され、彼と席を入れ替わって理香さんが真ん中に座った。

「こんばんは、天沢理香です。聞こえる？」

「聞こえます。天沢さん、女性だったんですね。お酒を飲むって話だったんで男の探偵さんかと思ってました」

「そうなの、よく間違われるわ」

これまで何度もあった勘違いに、彼女はおかしそうに返した。

「病気中にごめんね。店うるさいと思うから、声が聞こえなかったら言ってね！」

鶴北さんは大きく数回頷いた。これからオンラインでインタビュー開始だ。

「さっき古橋君から、アロイスさんとの一件を聞いたんだけど、推理するために、もう少し詳しく知りたい部分があるの。まずはワタシが聞いたことをまとめるから、補足できることがあったら教えてくれるかな？」

「はい、わっかりました」

「まず、鶴北君が住んでいるシェアハウスに、ベルギーからアロイスさんが……」

In the Torchでも俺より飲んでいて、この店でもついさっき度数の高いバーレーワインを飲んだのに、よくもまあそんなにしっかり話を覚えているものだと感心するほど、彼女は古橋さんの話を整理して話している。

通信が不安定になって話が聞こえなくなったりしないか心配だったけど、特に音が途切れることもなく画質も良好で会話できている。それなら普段の謎解きだってわざわざ会う必要はないのかもしれないけど、きっと彼女が困るのだ。大好きなお酒を飲む口実が一つ減ってしまうから。

「……というわけで、鶴北君とひと悶着あったまま、アロイスさんは一時帰国しちゃった、ってところまで聞いたわ。どう、何か付け足せそうな情報ある？　どんな細かいことでもいいから」

「ありがとうございます。付け足しかあ」

腕を組みながら、鶴北さんは当時を思い出すように斜め上を見上げて低く唸《うな》る。

「えっと……まずアロイスと仲良くなったきっかけなんですけど、オレが共有リビングで一人で『動物の山』をプレイしてたら、向こうが食い付いてきたんです。片言の日本語で『僕もそれが好き』って話してくれて。そっから会話はずっと日本語っすね。外国語喋れないんで助かりました」

鶴北さんが口にしたゲーム「動物の山」は、プレイヤーが大きな山のある島に移り住み、そこで動物の住人と暮らすシミュレーションゲームだった。アクションと違って明確なクリアはなく、買い物や釣り、昆虫採集、部屋の模様替えなどしながら住人とコミュニケーションしていくユルさが人気だ。

「それで、アロイスは攻略サイトが日本語でよく分からないっていうから、流れでオレが教えるって話になりました。二日後に都合がついて遊ぶことになったんですけど、アロイスがベルギー出身だからベルギーのビール用意してたんですよ。で、それとは別に、一人で飲むようにベルギービール買ってたんで、約束の時間の前につい何本か開けちゃったんですよね。まだあんまり仲良くない人とゲームやるってちょっと緊張するじゃないすか」

「鶴北君、確認だけど自分の部屋で飲んだの？」

理香さんが画面に顔を近づけて質問すると、彼は俺達にも見えるように多少オーバーに頷いた。

「そうっすね。部屋で飲んで、いい感じに酔って共有リビング行ったんです。そしたらアロイスがパンを食べてました。なんか小皿に盛った黄色っぽいチーズみたいなの塗って食べてましたけど、夕飯なのにパンと牛乳だけしかなくて、お金ないのかなってちょっと驚きましたね。

あとは泰吾の話した通りですよ。部屋に案内しながら、『面白いもの用意してるんだぜ』ってビールを紹介したら、急に態度が変わって『僕はそういうのはあんまり』って顔顰めたんです。こっちもついムキになって『なんでだよ！　絶対好きだから！』って押したんだけど、逆に反発されて、結局ケンカっつーか、微妙な感じになってそのままお開きになりました」

軽く握った手を顎に当てたまま、悩むようにグッと下を向く理香さん。古橋さんと鶴北さん、二人の話を整理しているのだろう。

「ワタシから追加で確認なんだけど、アロイスさんに実際にビールを見せたの？」

「いや、見せてないっすね、名前を伝えただけです。びっくりさせたかったんで、それがビールってことも教えてないですし、結局部屋にも入りませんでした」

「そっか、じゃあお酒が気に入らなかったってわけじゃないのか……まあ普通そんな理由では怒らないだろうけど」

俺の隣で聞いていた古橋さんも同調して頷いている。

「そうですね、違うと思います。せっかく用意したのに。あ、天沢さんお酒好きなんですよね？　良かったら見てくださいよ」

そう言って鶴北さんはスマホをつかんで、すっくと立ちあがった。ユラユラと映像が揺れて画面酔いしそうになる。

「これです、見えますか？」

映し出されたのは、漫画や本、ライブ映像のブルーレイが置かれた棚の最上段だった。そこには、濃い褐色の瓶にカラフルなラベルの貼られたビールが三本並んでいる。飲むときには冷やすのだろうけど、なるほど、こうして並べるとインテリアっぽくも見えた。

途端、理香さんがテンション高く「うわっ！」と叫びながら身を乗り出した。

「珍しいの買ったわね！」

「そうなんですか？　確かに酒屋で買ったときも、お店の人が、滅多に入荷しない商品だって言ってたなあ」

「そうそう、飲むときは大事に飲みなさいね。味も分からないような酔った状態で飲んだりしたらダメよ」

姉が弟に言うような口ぶりで理香さんがアドバイスする。彼女がこんなに言うなんて、結構レアな物に違いない。後でどんなお酒なのか聞いてみよう。

「鶴北君、色々教えてくれてありがとう。だいぶ細かいところまで分かったわ。また何かあったら質問するかも」

スマホをさっきの位置に戻しつつ、「はい、よろしくです」と鶴北さんが顔を大映しにする。お大事にね、と全員で挨拶して通話を終えた。

「ありがとね、古橋君。おかげで材料は結構集まったと思う」

「いえいえ、良かったっす」

話に夢中でバーレーワインを飲んでいなかった俺と古橋さんは、揃ってグラスに口をつける。情報収集ができてご機嫌な探偵は、いつの間にか飲み干していた。

「理香さん、どう？　解けそう？」

「うん、一度考えてみる。とりあえず、ビールのおかわりをもらわないとね」

小さくピースした理香さんは、店員を呼んで追加のクラフトビールを頼む。そしておもむろに右手を髪の後ろにゆっくり持っていった。

ここから、彼女の推理の時間だ。

【推理編】ランビックを探して

さっき鶴北さんが見せてくれたビール瓶を彷彿とさせる色の髪に手をかけた理香さんは、ネイビーのリボンのついたバナナクリップをパチンッと外す。そのクリップを一度机に置いた後、束ねていた髪を両手でグッと横と前に持ってくる。手櫛《てぐし》で梳《と》かしながら整えていくと、前髪がふわりと落ちて、おでこが見えなくなった。

そして、推理を始めるルーティンは、最後にいつもの言葉を口にして終わりとなる。

「さて、いこっか」

古橋さんと会ったときは「あっはっは、お姉さん探偵です！」なんて大声で笑っていたアネゴキャラの理香さんが、髪をおろし、クールで知的な「綺麗なお姉さん」に早変わりする。

急に別人のようになった彼女に、古橋さんの目は釘付けになった。そういえば、この前の安城さんもこんな風になっていたな。こんな変身を見せられたら、驚きと緊張で固まってしまうのも無理はないだろう。

「あっ、ちょうどビールが来たわね」

小麦色に輝くクラフトビールが二杯運ばれてきた。俺と古橋さんはまだ残っているので、どちらも彼女が飲むつもりに違いない。

「いただきます」

飯田橋でレモンサワーを数杯飲み、更にこの店ですでに二杯飲んだとは思えない勢いでビールを喉に流し、ぷはっと息継ぎのように口を離す。好みの味だったのか、放つ直前の弓もかくや、楽しそうに口元を曲げてにこやかな表情を見せた。傍から見ると「飲みすぎてふわふわしている女子」そのものだけど、その頭脳はおそらく冴え渡っているのだ。

「よし」

そう言ったきり、彼女はテーブルの端を見つめ無言になった。推理に没頭しているときは無防備になってしまい、挙動がややおかしくなるのが彼女の常。今回もパーの形にした両手の指の腹を合わせ、手を膨らませたり閉じたりしている。かと思えば、口の内側で舌を動かして頰の一部をぽこっと出っ張らせながら、右手で左手の指のマッサージを始めた。ボーッとしているようにも見えるけど、目は真剣そのもので全く視線が動かない。その目と動きのギャップが面白くて、俺もさっきの古橋さんのようにジッと彼女を見ていた。

「…………」

店員さんの声が響く店内で、この空間だけはほぼ音をなくしている。

眠いときにコーヒーを摂取するような頻度で、理香さんは日本のビールより度数の高いクラフトビールを口にし、早くも一杯飲み終えた。時たま、俺達にも聞き取れないような小声で何か言っている。古橋さんも彼女の推理を邪魔しない方が良いと察したのか、スマホを取り出して触りだした。

俺自身も一旦考え始めてみたものの、五分もしないうちに諦めた。鶴北さんがビールを紹介しようとしたら、アロイスさんが怒ってしまった。言葉で表せばたったそれだけのことだからこそ、あらゆる理由を想像できてしまい、絞り込むことが難しい。右手の人差し指でグラスをコンコンと弾きながら謎を解いている隣席の探偵に託すことにし、周囲を見回して過ごす。

大きな窓からは、ネオンが届かず黒色が深みを増した暗い夜が見える。帰宅するグループもちらほら出てきたせいか店内は少しずつ活気が薄れ、比較的落ち着いた大人の社交場になっていた。

「……ふう、難しいなあ」

十数分経った頃、理香さんは溜息とともに伸びをした。鬼灯《ほおずき》のように赤く染まった顔には、難度の高い問題に挑む楽しさよりも、思い通りに解けない悔しさが滲んでいる。

俺はふと、彼女に聞こうとしていたことを思い出し、気分転換になればと尋ねてみた。

「あの、理香さん。鶴北さんが持ってたビールってそんなに珍しいんですか？」

「ええ、そうなの。ワタシもまだ飲んだことなくてね」

眉間にシワを寄せた表情から一転、自分の好きな話題が出てきたことが嬉しかったのか、間髪を容れずに彼女は答えた。

「ランビックビールって呼ばれるビールよ。普通のビールって醸造所で管理されているビール酵母を使って造られるけど、ランビックは自然にある酵母で発酵させるの。使われる酵母は生息地がベルギーのある地域に限られているから、ベルギーの中でも一部でしか造られない伝統的なビールとして有名なのよ」

「へえ、世界各地にある飲み物だけあって色んな種類があるんですね」

「オレ、普段缶ビールばっかり飲んでるから知らないことばっかで面白いっすよ」

「いやいや古橋さん、俺も普段は缶ビールか生中ですよ」

古橋さんに相槌を打っていると、理香さんがピッと人差し指を俺の顔に向ける。

「ところで久登君、何か浮かんだ？」

出た。探偵にありがちな、急な指名だ。

でもここで日和《ひよ》る俺じゃない。説を絞り込むのは諦めたけど、さっき幾つかアイディアは浮かんでいたから、お披露目といこう。

「まず考えられるのは、やっぱり文化の違い、つまり宗教の問題ですよね。ドイツは主にキリスト教が信仰されているから、鶴北さんが気付かないうちに何かキリスト教徒にとって失礼なことをしたんじゃないかっていう」

「ふむふむ、悪くない発想ね。で、何かって？」

「……いや、それはこれから考えるんですけど」

その答えに、彼女はきょとんとした表情を見せ、続いて張り付いた満面の笑みを見せる。

マズい、出来の悪い子扱いされてる気がするぞ。

「待って下さい、理香さん。すぐに思いつきますから。えっと……分かった、宗教そのものを冒涜《ぼうとく》するような言葉を言ったんですよ」

「それだったら明らかに鶴北君が悪いじゃない」

「確かに」

すぐに観念した俺に、彼女は半ば呆れたようにおでこに手を当てる。そのテンポが面白かったのか、古橋さんはニヤニヤして話を聞いていた。

「宗教関連っていうのは悪くない線だとは思うんだけど、アロイスさんも日本に来るなら、キリスト教じゃない人もたくさんいるってことは分かってたはず。宗教とか文化的な違いもそこまでナーバスにならないと思うのよね」

「そうですね……あ、じゃあこれはどうですか？　部屋の中にアロイスさんの苦手なものがあったんです。虫飼ってるとか、あるいはキムチや納豆を食べててその匂いがダメだったとか。部屋に入ろうとする直前だったって言ってたから、部屋開けたときに気付いたんじゃないかと思って」

思いつきにしては割と悪くない推理かもしれない。と考えていたものの、理香さんの表情は冴えない。

「その可能性もゼロではないわ。でもさっき映った部屋にはそんなにおかしなものはなかったし、食事の話もなかったし、なんかピンと来ないのよね」

「ううん、言われてみたら鶴北さんの話に食事のことは出てこなかったですね」

「オレも鶴北から、虫とか動物飼ってるって話は聞いたことないっすね」

古川さんからも証言をもらえた。どうやらこの説も違うようだ。

「何かあるはずなのよ。しっくり来る理由があるはず……」

そのまま、再び理香さんは黙りこんだ。手元のビールがなくなったので追加で注文し、来た途端に口をつけて考え込む。きっと今、彼女の中には、俺が想像もできないほどの選択肢と可能性が、生まれては絞られてを繰り返しているのだろう。

テーブルに突っ伏すように両腕を付き、学校の休み時間に寝るような姿勢から鼻から上だけを出す。そのままジーッと動かなかったかと思うと、何か浮かんだのか急にシャンと居直る。そして、すぐさま推理ミスに気付いたらしく、ぷうっと頬を膨らませてプシューと吐き出し、また沈むようにテーブルに突っ伏す。邪魔はしないつもりだけど、この状態の彼女を見ているのは楽しくて、コロコロ変わるその様についつい見入ってしまう。

「ううん、ダメだなあ。ちょっと気分転換」

メニューを開いた理香さんは、ベルギービールのページをじっくりと眺めている。

「さすがにランビックはないかあ。ベルギービールは日本と同じ、ピルスナーっていうビアスタイルが結構多いのよね」

「へえ、じゃあベルギーでも日本と同じビールが飲めるんすね」

「そうね。でも古橋君、ベルギーのピルスナーは麦芽を多く使っているから、日本のより風味が豊かなのよ。ベルギーはパンも美味しいみたいだし、いつか行ってみたいなあ」

彼女の言葉を聞いて、俺はある数分の映像を思い出した。

「ああ、昔映画で見たことありますよ。戦時中ってわけでもないのに、家族で夕飯がパンと少なめのサラダと紅茶だけっていうシーンがありました。そっか、やっぱりヨーロッパのパンってそのくらい美味しいんですね」

「久登君、違うと思うわ。それは多分……」

続きを話すのを止め、彼女は矢庭に目を見開く。黒い瞳は、夜の猫のように丸くなっていた。

「ベルギー……パン……パン……チーズ……」

右手にメニューを持ったまま左手の中指をおでこに当て、ブツブツと呟いている。彼女の謎解きが一気に加速していることが、手に取るように分かった。

「え、えっ、だとしたら……まさか……」

そこから数分。彼女が、ケリがついたと言わんばかりにパタンと勢いよくメニューを閉じ、グラスに残ったビールをごくりと音を立てて飲み干す。

「理香さん、考えまとまったんだ?」

「うん。多分こうじゃないかな、っていうのは思いついた。でも幾つか確認したいことがあるのよね」

彼女は古橋さんの方を向き、手を合わせてお願いした。

「ごめんね、古橋君。もう一回だけ鶴北君と話できるかしら」

「あ、いいっすよ、連絡してみますね」

彼にメッセージを送ってもらい、通話オッケーの許可が出た。古橋さんはさっきと同じようにスマホを横にし、ビデオ通話で鶴北さんに繋ぐ。

「鶴北君、何度もごめんなさいね。体調悪いのに」

「いやいや、ずっと寝てて暇してるんでありがたいっすよ」

鶴北さんがやや自嘲気味に笑う。寝汗で重くなったのか、赤いTシャツがさっきよりくたびれて見えた。

「えっとまず確認したいんだけど、アロイスさんはスーツケースでシェアハウスに来たって話だったわよね？」

「え……はい、そうですけど」

この場にいる理香さん以外、おそらく全員が予想外だったであろう質問に、鶴北さんもきょとんとしながら答える。

「ひょっとして、こんな感じのスーツケース？」

彼女は自分のスマホの画面を古橋さんのスマホに近づける。彼女の斜め上から覗き込むようにブラウザのページを見ると、縦横どちらでも置けるようになっているやや小型のスーツケースが表示されていた。

「あ、そうですそうです」

「ありがとう。それからさっき見せてくれたランビックビール、もう一度見たいんだけど、映してもらっていいかしら？」

「ビールですか？　ちょっと待っててくださいね」

鶴北さんはさっきのようにスマホを持って棚へ移動する。そこには、色とりどりのラベルの、五百ミリのペットボトルくらいの大きさのビール瓶が三本置いてあった。

「ねえ、鶴北君。アロイスさんにお酒紹介したって言ってたでしょ？　それって、一番右のお酒の名前を教えたんじゃない？」

「え、なんで分かったんすか。そうなんですよ、名前伝えたら、他のビールを紹介する前に怒っちゃって」

驚いて素っ頓狂な声を出す彼に、理香さんはニンマリ笑みを零す。

「ありがと、助かったわ。もう少ししたら、今度は謎解きを聞かせてあげられると思う。今日はまだ起きてる？」

「すごい、解けたんですね！　はい、昼間ずっと寝てたんで、大丈夫でっす」

「分かった、また古橋君経由で連絡するわね」

最後に改めてお礼を言ってから通話を切ると、彼女は腕を組んで悩み始めた。

「ううん、あとはなあ……」

「どうしたんですか、理香さん」

「天沢さん、まだ解けてないところがあるんすか？」

　俺と古橋さんの方をきょとんとしながら見た後、彼女は肩まである髪を躍らせるように揺らしながら首を横に振った。

「違うわよ、二人とも。ランビックビールのある店で謎解きしたいんだけど、どこに行けばいいか迷ってるの。ほら、ここにはないでしょ？」

　全く明後日の方に話が転がり、古橋さんと並んで目が点になってしまった。

「なんだ、そんなことですか……」

「そんなこととは何よ、久登君。同じビールでも、より今回の謎のテーマに近いランビックビールを飲みたいっていうのは、ワタシみたいな探偵としては当然の欲求なんだから」

　彼女以外にはよく分からない理屈を口にする。大体「ワタシみたいな探偵」といっても、お酒を専門にしてる探偵なんて、世界広しといえど彼女くらいのものだろう。

「『東京　お店　ランビックビール』で検索したけど近くにいい店がないのよね。常時置いてるものじゃないからホームページのメニューには載せてないんだろうなあ……そうだ！」

　何か閃いたらしい彼女が、俺のワイシャツの袖をグイッと引っ張った。

「知ってそうな人に聞けばいいのよ。クラフトビールをよく飲みに行ってる人」

「え？　そんな人いましたっけ？」

「いるじゃない。よく彼氏と一緒にバルとかに行ってて、最近はフレンチハイボールがお気に入りな人よ」

「ああ、なるほどね」

首を傾げている古橋さんを横目に彼女と頷きあった後、俺はＳＮＳで雨宮悠乃さんに連絡し、上野周辺でランビックビールの飲める場所がないか聞いてみたのだった。

【謎解き編】タップルームでの会話

「良い雰囲気の店ね！」

一階のドアを開けて店に入ると、理香さんは嬉しそうに辺りを見回した。

「良かったですね、理香さん。ＢＧＭも小さめだから、鶴北さんに繋いで話すのも問題なさそうだし」

「そうね。今度からお店の検索サイトに『謎解きにピッタリ』っていう条件も入れてほしいわ」

彼女は冗談交じりに言いながら、店員に壁際の立ち飲み席に案内してもらった。

雨宮さんがすぐSNSへの連絡に気付き、しかもまだIn the Torchにいたおかげで杏介の携帯から俺に直接電話をくれたので、先ほどのクラフトビールの店から徒歩で行ける場所にランビックビールを飲めるお店があることをすぐに教えてもらえた。理香さんが電話で確認したところ、目当てのビールも置いてあるらしいということで、ドイツとベルギーのビールを扱っているというこの店にやってきた。

熱帯夜を予感させる暑さの残る街を十分ほど歩いて汗が噴き出したが、ありがたいことに店内はしっかりクーラーが効いている。スツールのカウンター席の他に、立ち飲み用の背の高いテーブル席があり、こぢんまりした店ではあったが客が十人ほどいて静かに談笑している。会話の邪魔にならない程度に小さく流れる洋楽が心地良い、おしゃれな店で軽く飲みたいときにピッタリの店だった。

「タップルームって書いてあるけど、これが店の名前なんすかね？」

立ち飲み用の、直径の狭い丸テーブルを囲み、メニューの一番上の文字を見ながら古橋さんが訊くと、理香さんは「違うわよ」とカウンターの奥を指す。外国人のスタッフが、ビール用の蛇口の横にある黒いレバーを引いて、グラスにビールを注いでいた。

「ああいうビールの注ぎ口、よく見るでしょ？　あれをタップっていうのよ。タップルームっていうのはつまり、幾つもタップがあるビール専門のバーのことね」

「なるほど。天沢さん、やっぱりお酒詳しいっすね」

「ふふ、ありがと。まあタップっていうのは専用のタンクから口を繋いでるわけだけど、これから飲むのはタンクでは取り扱ってないビールだからね。ちょっとここで待ってて」

俺達にそう言い残し、カウンターに向かった理香さんを眺める。スタッフを呼んだ彼女は、棚で冷やしていたビール瓶を指し、横のレジで購入している。グラス三つと一緒にその瓶を二本持ってきた。

「お待たせ。栓は抜いてもらったわ」

「あれ？　理香さん、それ確か、鶴北さんの家にあったやつですよね？」

「そうよ、鶴北君がアロイスさんに紹介したっていうビールね」

日本の大瓶のビールより茶色も少し濃く、サイズは小さい。おそらく四百ミリ程度しか入っていないだろう。

そして特徴的なのはそのラベルのデザイン。さっきの鶴北さんとのビデオ通話では距離が遠くて分からなかったけど、この場で改めて見るとクリムゾンレッドのラベルに、さくらんぼの絵が描いてある。

「これがランビックビールよ」

自然酵母で造ったという、ベルギービール。でもなんでフルーツの絵なんだろう。

「ランビックは、もちろんそのまま普通のビールとして飲むこともできるんだけど、フルーツを漬け込んで瓶の中で発酵させてる商品も多いの」

「へえ、じゃあこれはサクランボを漬けてるんですね！」

「そう、これは半年以上漬けてるみたいね。他にもラズベリー、桃、カシス、苺、リンゴにパイナップル、中には梅を漬けてるものもあるわ」

「すげー、果実酒みたいだ、ビールって奥が深いっすね。あ、オレ注ぎますよ」

古橋さんの素直なリアクションが嬉しかったのか、彼女は「でしょ？」と満足そうに眉を上げ下げしながら、瓶を彼に渡した。

「あの、理香さん、このランビックビールが謎に関係あるってことなんですか？」

「ええ、関係あるわ。まあ別にこのお酒を飲む必要はないんだけど、せっかくの機会だから飲んでみたいじゃない？」

大張り切りで同意を求める彼女。多少でも関係するなら飲みたい、という強い意気込みが感じられておかしくなってしまう。

「よし、これでぴったりなくなりましたね」

三人分のグラスに均等に注ぎ終えた古橋さんが、テーブルを滑らせるように俺と理香さんのもとにグラスをスライドさせた。

「理香さん、これ、色がすごいですね」

「そうよね、普通のビールでは絶対に見ない色だわ」

サクランボを漬けて半年以上寝かしているというこのお酒は、まさにアメリカンチェリーを彷彿とさせる鮮烈な濃い紫色で、グラス上部の泡がなければカクテルと見間違えてしまいそうだった。

「じゃあ乾杯！」

「乾杯！」

俺と理香さんはこの店で本日三軒目。それなりに酔いも回っているけどそれでもついつい飲みたくなってしまうのは、初めて飲むこのお酒の魅力に誘《いざな》われたから。

「うわ、香りがヤバいな」

「理香さん、これすごいです」

熟成したフルーツならではの膨らみのある甘い香りが、鼻先にふわりと幸せを運んでくれた。どんな味がするんだろう、と期待しながら飲んでみる。

「えっ、何これ！　マジでビールすか、これ！」

「ヤバい！　甘酸っぱい！」

驚きのあまり、一口、もう一口と味を確かめるように口をつけるものの、「甘酸っぱい」という感想だけが何回も頭の中を渦巻く。シンプルだけど、このお酒の感想を端的に表した言葉。これまで飲んでいたビールとは全く別物の新鮮な味わい。食事しながら飲むのではなく、食前酒のような位置づけで飲んで、良い香りと甘み・酸みが混じる味わいにリラックスするのが良いかもしれない。

「サクランボに、乳酸発酵で生み出された風味がミックスされてるのよね。乳酸の酸味があるからこそ、もともとサクランボが持っていた酸味が思わぬ形で再現されていて、まるでサクランボのジュースを飲んでるような気分になれる。面白いお酒だわ」

興奮なのかアルコールが回ったのか、パフェの上のチェリーさながらに頬を染め、理香さんが饒舌《じょうぜつ》に説明しながら喉を鳴らして飲み干した。

「じゃあ古橋君、もう一度、繋いでもらっていい？」

「ええ、いいっすよ。鶴北に連絡します」

こうして本日三度目となる、鶴北さんへのビデオ通話を繋ぐことになった。

古橋さんが相手に連絡している間、彼女はカウンターに行き、再び何かを注文している。

やがて戻ってきた時には、硬そうなパンと、薄オレンジ色のチーズディップを手に持っていた。

「天沢さん、それおつまみすか？」

「いいからいいから。それで、繋がった？」

「えっと……あ、ちょうど繋がりましたね」

向けられたスマホには、すっかり顔馴染みとも言える、赤Tシャツを着た鶴北さんが映っていた。画面越しだから正確ではないが、しっかり寝ているおかげか、最初にかけた二時間前より顔色が良くなった気がする。

「何度もごめんね、鶴北君。これで最後だから」

「いやいや、大丈夫ですよ。それよりさっきの話だと、アロイスの謎が解けたってことですよね？」

「まあね」

理香さんはさらりと言ってのける。俺はまだ新しい説すら浮かんでいないのに、改めて彼女の卓越した推理力に感心してしまう。

「今ね、鶴北君が持ってたこのお酒を飲んだんだけど」

古橋さんがスマホのカメラ部分に向けた瓶を掲げると、鶴北さんは「ああ、はい」と小さく頷く。

「とても良いお酒ね。ちなみに鶴北君もアロイスさんと会う前に先に飲んだって言ってたけど、このサクランボのお酒だったの？」

「いえ、たしかキイチゴとりんごですね。あとは普通のベルギービールも飲みました」

「キイチゴ……フランボワーズか。酸味もしっかりしてて美味しそうね。この店にはないのが残念だわ」

隣の探偵が、真顔のまま小さく溜息を漏らしているのを聞いて、いつか飲める店に連れていこうと心に決めた。

「えっと、天沢さん。サクランボのそのビールがなんか関係してるんですか？」

「ああ、ごめんね、鶴北君。お待たせしました、ワタシの考えを話すわね」

理香さんは軽く咳払いをし、カメラの真正面で大映しになってパンッと両手を合わせる。

「まずこの事件は、大きな勘違いに端を発してると思うの」

「勘違い、ですか？」

「ええ。鶴北君、アロイスさんがベルギー出身だと思ってベルギービールを用意したのよね？　多分、そこから間違ってるの。アロイスさんはおそらく、ドイツ出身よ」

「え……？」

画面越しに彼が言葉を飲み、俺と古橋さんもしばし沈黙してしまう。特に疑問も挟まずに聞いていたアロイスさんの出身が、ベルギーではなく、隣国であるドイツだったなんて。

「え、で、でも天沢さん、なんでそんなこと分かるんすか？」

「鶴北君、さっきアロイスさんの夕飯がパンだけだったって言ってたでしょ？　そういう食事ってドイツの風習なのよ。『カルテスエッセン』、冷たい食事って意味なんだけど、ハムを挟んだパンとサラダとか、簡単なもので済ませることも多いの」

なるほど、映画で見覚えがあったのは、ドイツの夕飯の食卓だったというわけか。

ただ、俺の頭には当然の疑問が浮かび、会話を遮って彼女にストレートにぶつける。

「理香さん、夕飯が質素だったたっていうだけでドイツって決めつけるのは早計じゃないですかね？　昼食を食べすぎたとか、ダイエット中とか、色んな理由が考えられますよ」

彼女もこういう反論が出ることは百も承知だったのだろう。右の口角をクイッと上げると、小さくえくぼができた。

「あとは、これかな」

そう言って彼女は、さっきカウンターで買ってきたばかりのチーズディップを指し示す。メニュー立てに立てかけておいた古橋さんのスマホを持ち上げてその料理を映すと、鶴北さんは「あっ！」と叫んだ。

「それ、アロイスが食べてたヤツ！」

「これ、オバツダっていうドイツの郷土料理なの。カマンベールチーズとクリームチーズに、みじん切りした玉ねぎとかパプリカパウダーなんかを混ぜたものよ。パンにつけても美味しいし、そのままでも立派なお酒のつまみになるわ」

彼女に促されるまま、小さなスプーンで一口掬って食べてみる。チーズならではの癖があるかと思いきや、混ぜているのであろうバターの甘さでマイルドな味になっている。玉ねぎの食感やパプリカの風味もこってりしすぎないための良いアクセントで、なるほどこれはパンに塗っても美味しいに違いないと容易に想像できた。

「まあ鶴北君が間違えるのも無理はないと思う。国旗も分かりづらいしね」

「国旗？」

鶴北さんは何のことか思い出そうと顔を顰めている。それを見ていた古橋さんが、不意にハッと気付いたように目を見開いた。

「天沢さん、スーツケースに付いてた国旗のバッジのことっすか？」

「そうよ。ドイツとベルギーって国旗の構成がかなり似ているのよね。ドイツは横帯の黒・赤・黄、ベルギーは縦帯の黒・黄・赤。もちろん普通なら帯の向きで違いが分かる。でもアロイスさんが持っていたのは丸い缶バッジで、しかも縦横どちらでも置けるスーツケースを使っていた」

「そっか、縦だと思ったら横だったのか」

鶴北さんは、やられた、と言わんばかりにグッと体を反らし、そのままベッドに背面からダイブした。

「あとはビールのTシャツも紛らわしいわよね。ビールと言えばベルギーが有名だけど、ドイツもビール大国だから。鶴北君の住んでるシェアハウスにはもともとベルギーの人が住んでたって話だったから、その時に見た国旗のイメージが焼き付いていてベルギー出身って思いこんじゃったんじゃないかな」

一息に話した彼女は、ちぎったパンにスプーンでオバツダをたっぷり塗って頬張る。

なるほど、勘違いのきっかけも分かったし、食習慣や郷土料理の話を踏まえると、アロイスさんの出身はドイツで間違いないのだろう。

しかし、これは今日の本題ではないはずだ。

「天沢さん、アロイスがドイツ人だったとして、今回の謎にどう関係あるんすか？」

眉間にシワを寄せながら、鶴北さんが身を乗り出してアップになった。

そう、俺もそれが分かっていない。ベルギー出身とドイツ出身、一体何が違うというのだろう。

「正直ワタシもね、アロイスさんが鶴北君とゲームをするのを渋った根本的な理由は読めてないの。でも、これがきっかけじゃないかなっていう原因は分かる」

彼女は、ランビックビールの瓶の首をカツンと爪で弾いて鳴らす。続いて瓶をくるりと回して俺達三人がラベルを見えるようにし、ラベルの中央に書かれた〝ＫＲＩＥＫ〟の文字を人差し指でなぞった。

「久登君、このお酒の名前、読める？」

「えっと……クリーク、ですか？」

「そう、クリーク。さっきちょっと調べたんだけど、ベルギーでよく使われてるフラマン語っていう言語でサクランボのことを表すらしいわ」

なるほど、ストレートな名前が付いてるってことか。それにしても、クリークって言葉、何か別の言葉で聞いたような気がする。

その答えは、すぐに理香さんが教えてくれた。

「ドイツ語でクリーク《KRIEG》は『戦争』を意味するの」

「ああっ！」

その気付きで、謎を覆っていた霧が一気に晴れていくような感覚を覚える。ほぼ同時に「えっ！」と言葉を発していた古橋さんや鶴北さんは、呆然として二の句が継げずにいた。

「鶴北君、このお酒の名前だけ話したって言ってたわよね。ベルギー出身だと思ってたアロイスさんに『面白いものがあるぜ』と前置きした後で『クリークだよ』と伝えた」

しかし、ドイツ出身の彼に、それがサクランボのビールだとは伝わらない。どころか、全く違うものとして受け取られてしまった。

「アロイスさんが『クリーク』と聞いて、なぜ態度を変えたのかは分からない。本当に戦争に悲しい思い出があるのかもしれないし、あるいはもっと単純に、戦争のゲームを用意してると勘違いされたのかもしれない。アロイスさんは『動物の山』が好きで一緒にやるつもりだったはずだから、そういう戦闘シミュレーションみたいなゲームは嫌いだし、話が違うと思ったのかもしれないわね」

戦争や戦闘のゲームだとしたら、ほのぼのした「動物の山」とは真逆の作品になる。アロイスさんはそう想像して戸惑ってしまったのかもしれない。うん、その説が正解に近そうだ。

「そっか、ただの向こうの勘違いだったんすね」

気が抜けたようにフウッと息を吐く鶴北さんに、古橋さんも「びっくりしたぜ」と安堵の笑みを見せる。そのやりとりに噛みつくように、理香さんは鋭い眼差しで口を開いた。

「確かに、元々はそうよ。ただの勘違い。出身とか単語に食い違いがあっただけ」

淡々と話しているが、付き合いが長いのでよく分かる。彼女の声は、幾許かの怒気を孕《はら》んでいた。

「でも、そこから言い合いになったのは鶴北君、君の振る舞いも大きいわ」

「え、オレですか？」

「君、軽く酔ってたせいでアロイスさんに強く当たったって話してくれたでしょ？『なんでだよ！　絶対好きだから！』ってしつこく」

酔った状態で、せっかく用意したものを断られる。シラフなら冷静に話ができることでも、ムカッと頭に血が上る気持ちも分かる。

「いい？　事情をよく知りもしないで、勢いで自分の意見や感情をぶつけるなんて、相手の気持ちを硬化させるだけよ。もしちゃんと理由を聞いてたら教えてくれたかもしれない。そうすれば、何の諍《いさか》いもなく一緒に遊べたかもしれないのに」

「それはそうっすけど……でも、ちゃんと理由を言わなかった向こうにも原因が――」

「彼が、オバツダをパンに付けて食べてたって、鶴北君教えてくれたわよね。パンだけか、って驚いたって」

気が付くと、さっきとは声のトーンが違う。もっと優しい、小さい姉が弟に諭すような口調だった。

「日本は夕飯を豪華にすることも多いのに、彼は元々の食生活を続けてる。それだけまだこっちに馴染みがないのよ。オバツダは日本のスーパーで簡単に手に入るようなものじゃないから、自作したのかもしれないわ。器に盛ってたって言ってたしね」

俺達と同じような暮らしをしている、日本に慣れた外国人を数多く目にするにつれ、つい元の生活からどんなに大きな変化があったか想像することを忘れてしまう。

でも、日本での生活に馴染むために、彼らもたくさんの苦労をしているのだ。初めからすんなり溶け込むなんてきっとできない。例えば俺がドイツで暮らすことになったとしても、きっと同じように四苦八苦するのだろう。

「向こうは慣れない国で、覚えたての日本語で話してるのよ。そういうの全部無視して、伝わるはずだ、伝えてくれるはずだ、って決めてコミュニケーションしても良いことはないと思うわ」

黙って下を向いていた鶴北さんは、やがて清々《すがすが》しいような表情でカメラに目線を合わせ、顔をアップにした。

「天沢さんの言う通りっすね。ここに住んでる外国人は日本語上手な人もいっぱいいるんで、同じ調子で喋って突っかかっちゃいました。酔ってたから余計に」

その言葉に理香さんは、柔和な表情になる。天井の柔らかい白色の明かりが、彼女の微笑を照らした。

「うん、それが分かってれば大丈夫。もうそろそろアロイスさん戻ってくるんでしょ？　今度は上手に誘いなさいね。英語やドイツ語を調べて、片言でもいいから『ベルギーの面白いビールを買ってみたんだ』って言ってあげると良いと思うな」

「分かりました。天沢さん、ホントにありがとうございます。泰吾もサンキュな！　助かったわ！」

「いえいえ、ワタシも良いお酒が飲めて良かった。快復できるようにゆっくり休んでね」

「駿、早く治せよ。上野で良いビールの店教えてもらったから、飲みに来ような！」

こうして鶴北さんとの連絡を終える。古橋さんも、無事に謎が解決し、仲直りの糸口も見つかってホッとしたようだった。

「天沢さん、ありがとうございました。やっぱ酔って相手とやりあうのはダメっすね」

「そうね。酔って感情的になるのが一番良くないと思うな。古橋君、もう一杯飲む？」

「いや、下の子の寝かしつけあるんで、そろそろ帰ります」

「わっ、それは大変ね。早く帰ってあげて」

古橋さんは下に置いておいたボディーバッグから財布を取り出し、「幾らですか」と理香さんに金額を聞いてお札を渡す。いそいそと帰り支度をする彼の表情には、子どもを想う気持ちが顔に滲み出ている。いつの間にか「イケてる兄ちゃん」から「パパ」の顔になっていた。

「古橋さん、また何かあったら連絡ください」

「ありがとう、進藤さん。オレが悩んだときも依頼します。あとは……」

古橋さんはチラリと理香さんを見る。

「オレや鶴北が飲みたいビールに迷ったときも相談してもいいっすか？」

きょとんとした彼女だったが、すぐに右手でピースを作る。

「もちろん！　ビール以外のお酒も遠慮なく聞いてね！」

「あざっす！」

その場でしっかり一礼し、彼は軽快な足取りで店を出ていった。


「お疲れ、キュー君」

カウンターで追加で買ってきた一本のランビックビールをテーブルに置き、理香さんは労《ねぎら》いの言葉をかけてくれる。ラベルには濃い紫のカシスの絵が描いてあるから、カシスを漬け込んだビールなんだろう。

「リーちゃんもお疲れ。今回も難事件だったたね」

「うん、面白がっちゃいけないのかもしれないけど、でも面白い謎だったわ。ビデオ通話で鶴北君の部屋のランビックが見られなかったら絶対解けなかったと思うし」

　肩に下りた髪をサッと後ろに払いながら事件を振り返っている理香さんを見つつ、俺はコップに少しだけ残ったクリークを飲み干す。フルーティーな酸味のおかげで、あれだけ飲んだ後でもスッと喉を通る。

「ねえリーちゃん。もしアロイスさんがドイツ出身だって鶴北さんがちゃんと分かってドイルのビールを用意してたら、きっと事件は起こらなかったんだよね。そう考えると、謎って偶然の積み重なりで起こるんだなあ」

「そうね。まあ、それでもうまくいかないこともあるんだけど」

　彼女は瓶を逆さにして、残り僅かなビールをグラスに注ぐ。

「ドイツって北部と南部でビールの味が全く違うの。南は甘くて飲みやすいんだけど、北はとっても苦い。だから、ドイツってだけでビールを用意すると、好みじゃない味になることもあるわ」

「そっか。日本だって東日本と西日本でうどんの味とか違うもんな」

「その通りね」

　俺の喩えに、彼女はグラスを持ったまま俺に視線を合わせる。

「なんでもそうよ。本当は相手の好みを聞いて用意するのがベスト。でも今回みたいな場合はそういかないから、逆に日本の美味しいお酒とか用意するのもアリかもね。大事なことは、当たり前だけど相手のことを思いやることなのよ。すれ違ったからって怒ったら逆効果だわ。特に、酔ったからって感情的になるのはダメ」

「感情的に、か」

自覚があるほど酔っているからか、静かに話す理香さんが一段と綺麗に見える。

ふと、このまま彼女を口説いてみたい衝動に駆られた。脳内に広げたメモ帳に「怒るのはダメだけど、好意を向けるのはいいかな？」なんて文章を打っては消し、なかなか言葉が出ずにいたので、とりあえずしばらく雑談して間を繋ぐことにする。

「あの、理――」

そこで言葉を止める。彼女はランビックビールの瓶をジッと見つめ、溜息をついていた。

原因は、おそらく父親絡みだろう。彼女の心情などお構いなしに勢いで迫ることにならなくて良かった。「酔ったからって感情的になるのはダメ」というのは本当らしい。

口説き文句を考えていたときから三分しか経っていないけど、急に酔いが醒めたように冷静になる。数時間前に杏介から聞いた「相手をしっかり受け止める」というアドバイスを思い出した。彼女の邪魔をしないように、且つ何かあればいつでも話しかけやすいように、黙って待つことにした。

新しいカシスのランビックビールをグラスに注いで、香りを確かめながら飲んでみる。

サクランボとは違う強い酸味と、程よいベリー系の甘さの後に、舌に麦の苦みがほのかに残る。バランスの良いフルーツ感のあるビールだった。

しっかり味わいながら飲み終えたとき、理香さんが口を開いた。

「ランビックはね、お父さんがずっと飲みたがっていたお酒だったの。特にこの、クリークとカシスはね」

カシスの瓶に手を伸ばした彼女は、慈しむように撫でる。俺は無言で頷き、相槌を打っていた。

「でもね、酔って怒りに任せて、怒鳴りながらビール瓶やグラスをテーブルから薙《な》ぎ払ってたのも一緒に思い出しちゃってね。だから手放しに『代わりに飲めて良かった』って言えないなあとか考えてたら、なんか心がギュッて締まって、しんどくなっちゃった」

記憶にフタをするかの如く、理香さんは乱暴に手酌で注いだカシスのビールを口に放り込むように一気に飲んだ。

「……そっか」

それ以上は言葉にならない。「気にしすぎるのはよくないよ」なんて正論の励ましは浮かんだものの、何の足しにもならないような気がして、ただただ、今は隣にいてあげようと決めた。

「…………カシスのおかわり、もらおうかな」

「……買ってくるよ」

呟くように理香さんが声を発し、俺はさっきまでのように溌剌とは動けそうにない彼女を労《いた》わるように、早足でカウンターへと向かった。

＊＊＊

今回の事件の後日談。

古橋さんからＳＮＳで連絡が来た。鶴北さんが戻ってきたアロイスさんに事情を説明して謝り、無事に仲直りしたとのこと。すっかり良い友人になって、ランビックビールやドイツビール、日本のクラフトビールを飲み比べしながら、休日は日中から深夜まで「動物の山」や他のゲームに興じているらしい。

お酒は国境を越える文化であり、どんな相手とも友情を育《はぐく》めるツールなのだと気付かされ、やっぱり律季ともう一度、お酒の魅力について語らいたくなった。

ゲーム漬けの交流。どうかランビックのように、上手に漬かって良い味が出ますように。

四杯目

カクテル、何か、隠してる

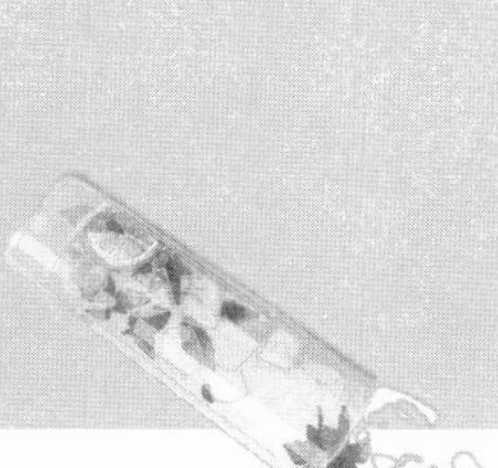

『ぜひ、謎解きをお願いしたいです』

『分かりました。ただ、探偵は私ではなくて、別の女性になります』

『あ、そうなんですね』

『彼女も夏季休暇を取ってるかもしれないので、確認してまた連絡しますね』

新しい依頼のメッセージに返信しつつ、振り込みの用事で銀行に向かう、月曜の昼休み。来週はお盆なので、週後半になったらATMコーナーも長打の列になってしまうだろう。

【依頼編】久しぶり

「暑っつい……」

八月三日、月曜日。毎年言われている「今年の夏の暑さは危険」もいい加減聞き飽きたものの、その猛暑を目の当たりにするとやはりげんなりしてしまう。道を歩けば暑さのあまり伏してしまいそうで、さりとてこんなコンクリートに横になったら余計に暑くなるに違いない。自転車を避《よ》けようとして手の先が触れたガードレールはじりじりと熱を帯びていて、汗だくのワイシャツを干したらアイロンのようにシワが伸びそうだった。

ATMの列に並びながら、俺はスマホでチャットアプリをタップする。そのまま理香さんとのチャットページを開き、テキストを打ち込んだ後、十秒ほど思い悩んでから消した。この前のタップバーでの一件から十日間、大分気落ちしていた彼女とは日々のちょっとしたやりとりもなく、少し距離を置いていた。久しぶりの依頼だけど、いきなり連絡していいかどうか、逡巡《しゅんじゅん》してしまう。

その後もスタンプを送ろうかともう一度理香さんとのページを開いたものの、「仕事で忙しいかもしれない」という都合の良い言い訳を盾に、もう少し機を窺うことにした。

その日の夜、俺は会社の最寄り駅である溜池山王から数分南北線に乗り、飯田橋で下車した。なんとなく店で飲みたくなり、吸い寄せられるように路地の奥へと進んでIn the Torchに入る。

「久登、今日は一人なんだな。先週金曜も一人で来なかったっけ？」

「最近理香さんとは予定合わなくてね」

強がりのような嘘をついて、杏介から受け取ったハイボールをゆっくり飲んだ。

月曜の二十時前にしては席が埋まっている。カウンターにも数名の客がいる他、四人掛けテーブルも二組のグループが使っていた。いつもより混んでいる分、隣に誰もいないと寂しさが募る。

「寂しいよなあ」

「杏介、俺の心を読むのはやめろ」

カウンターに目を遣ると、彼は屈託のない笑顔を見せていた。口の動きに合わせて、鼻の下の短いひげも動く。からかっているのではなく、元気づけようとしてくれているのが分かるからこそ、ツッコミ以上に怒る気にはなれなかった。

「前から聞いてみたかったんだけどさ」

拭いた皿を棚に戻しながら、杏介は話を続ける。

「天沢さんのどんなところが好きなんだ？」

「え……？」

気が付いたら目で追っていて、いつの間にか好きになっていたので、具体的にどこが好きなんて考えたこともなかった。答えるのは難しいかと思ったものの、案外すんなり口をついて出る。

「強いところと、優しいところかな。尊敬してるんだ」

「……いいな、それ」

家で大変なことがあっても、折れずにいたこと。お酒を嫌いにならず、自分も楽しみたいといって日々勉強していること。「人を幸せにするお酒」を目指して、探偵を始めたこと。そういう彼女の芯の強さと心根の優しさに、とても惹かれているのだと思う。

「よし、久登、これサービス。スクリュードライバーだ」

杏介が俺の手元に、オレンジ色のお酒をことりと置いてくれる。

「え、いいのか」

「おう、天沢さんへの片思いを応援してな！」

「……ありがとな」

杏介にお礼を言いながら、まっすぐな円筒形のタンブラーグラスに注がれたカクテルに口をつけた。


「……送ってみるか」

スクリュードライバーを飲み、さらにハイボールも重ねた後、酔いが程よく回って気が大きくなったことも手伝って、理香さんに連絡することに決めた。返信が来なければ、それはそれで仕方ない。ダメ元で送ってみることにする。

『暑いね』

送った後、スマホの液晶が見える状態でカウンターに置こうとすると、手の中で震え、画面が光る。

『ホント暑いね、溶けそう』

即返事が来たので少し焦ったけど、思ったより明るいトーンで安心した。

『女性から新しい仕事の依頼来たよ』

『おっ、久しぶりね。お酒は何？』

『カクテルだって』

『じゃあバーに行こう。In the Torchはたくさん行ってるから別の店で笑』

良かった、謎解きにも前向きらしい。

ここまで元気そうなら、顔が見たいなとも思う。万が一来てもらえたらラッキー、くらいの思いで、チャットを打つ。

『今ちょうどIn the Torch来てるよ笑』

返信が待ち遠しい。既読がついてからの時間が、長く長く感じられる。気にしないふりをしてお酒を口にするものの、ブブッと振動音がすると慌てて取ってしまう。ただのニュースの通知で、気落ちしながら左手の近くに置き直した。

そして再び戻ろうとしたとき、フッと彼女からのメッセージが表示される。

『最近全然行ってないし、近くにいるから行こっかな』

その文字を見た瞬間、俺はガッツポーズを作り、杏介に向かってハイテンションに梅酒のソーダ割を頼んだのだった。


「久しぶり、キュー君」

理香さんが来たのは、返信から二十分ほど経った後だった。白ブラウスに薄いピンクのパンツ、かなり細い黒レザーのチョーカーをアクセントにつけている。

「久しぶり、リーちゃん。飲んでたの？」

「うん、新宿の会社近くでね」

全然連絡を取っていなかったけど、いざ会うとそんなに緊張せずにいられる。幼馴染というのは素敵な関係だ。

「この前のビールの事件のときからちょっと考え込んでてさ。一人酒ばっかりしてたの。ずっと連絡しないでごめんね、キュー君」

隣の席に座る前に頭を下げた彼女を、慌てて止める。

「いいよいいよ、少し復活したみたいで良かった」

「天沢さん、お久しぶりです！」

理香さんが座ると、杏介が昔ながらの魚屋かと思うほど威勢よく挨拶しながら、彼女の前に水とおしぼりを置いた。

「依頼のこと、教えてくれてありがとね。久しぶりに謎解きしたいなと思ってたから、タイミング良いわ。依頼くれた人、住んでる場所はどのあたりなの？」

「えっとね、確認するからちょっと待ってて」

俺がスマホを見返している間、理香さんは俺のお酒をちらと見た後、杏介に梅酒ソーダ割をオーダーする。梅酒濃いめでね、と冗談交じりに注文するのが彼女らしかった。

「千葉《ちば》の方だね。勤務してるのは東京駅《とうきょうえき》で、つくばエクスプレス使って通勤してるって」

「ってことは秋葉原で乗り降りね。お酒がカクテルだから、と……うん、隣駅の神田《かんだ》に行きたいお店があるから、日程決めたらワタシが予約するわね」

「はい、天沢さん、梅酒濃いめのソーダ割、お待たせしました！」

「わっ、ホントに濃くしてくれたんだ」

杏介から黄色味の濃い梅酒を受け取り、理香さんは嬉しそうに体ごと俺の方を向いた。

「じゃあキュー君、乾杯！」

「乾杯」

カツンとグラスをぶつけ、彼女に合わせて一口飲む。既に半分飲んでいるはずなのに、彼女の濃いめの味が移ったのかと思うくらい味が変わったような気がする。何を飲むかより誰と飲むかが大事だ、という使い古された言葉が浮かんだ。

「ワタシと連絡取ってない間も来てたの、ここ？」

「ああ、うん。何度かね。そう言えば、先週は安城さんが来てたよ」

「安城君って、可杯の事件の？」

天狗を表しているのか、理香さんは握った拳を鼻につけておどける。

「そうそう、俺があの事件のときに行きつけの店だって紹介したら、西畑さんと一緒に来てくれたんだよ」

「へえ。なんかいいわよね、事件の後も依頼人と交流できるって」

「まあ、今回はそんなに良くはなかったけど……」

思い出して頭を押さえる俺を、理香さんは不思議そうに見る。彼女へのお通しであるミックスナッツを用意していた杏介が、さも楽しげに種明かしをした。

「西畑さんが可杯を持ってきてたんですよ。うちにも日本酒置いてあったんで安城さんと久登の三人でやってたんですけど、見事に久登が負け続けて天狗で四回くらい飲んで、べロベロで帰っていったんです」

「ほぼ二日酔いだった……」

「そうだったんだ！　えー、見たかったなあ！」

話を聞いた彼女は手を叩いて笑った。人の不幸話になんてリアクションを、と思ったけど、笑顔が見られるのが嬉しくもあり、つられて口元が緩む。

「よし、なんかやる気になってきた！　キュー君、日程調整しよう！」

「分かった。じゃありーちゃんの今週の予定教えてくれる？」

お互いスマホを見ながら、依頼人に提示する日程候補を絞っていく。飲み終わったグラスをカウンターの奥にどかそうとしたときに杏介と目が合い、彼は「良かったな」と小さく呟いて歯を零した。

＊＊＊

二日後の水曜日、夜一九時。いつもの溜池山王駅ではなく、歩ける距離にある赤坂見附《あかさかみつけ》駅から銀座線《ぎんざせん》に乗り、一五分ほど揺られてバーの最寄駅である神田駅に着く。依頼人とも理香さんともうまく予定が合い、月曜の夜に調整して、すぐ会えることになった。

メトロを降り、JRの北口改札に向かうと、多くの人がスマホを片手に待ち合わせしていた。改札口を少し出て街を眺めると、駅前はチェーンのお店がひしめき合い、少し離れたところには隣駅の東京駅よりも背の低いオフィスビルが立ち並ぶ。そしてそれらのビルに交ざるように、チェーンではない「ちょっと良いお店」が点在している。色んな表情のあるこの駅で、理香さんと合流することになっていた。ちなみに依頼人は東京駅から歩きで向かうとのことで、直接現地に向かうらしい。

理香さんはJRの中央線《ちゅうおうせん》で新宿から向かってくるはず。少し遅れるかも、と連絡があったけど、具体的な時間が書いてなかったので、いつごろ到着するかそわそわしてしまう。スマホでネットニュースでも見て時間を潰そうかと思ったけど、集中できないのですぐに諦めた。山手線・京浜東北線《けいひんとうほくせん》・中央線が乗り入れているので、数分おきに大勢の人が改札に向かって降りてきて、その度に雑踏の中に彼女がいないか探してしまうから。

やがて視線は、足早に階段を下りて、軽快に改札にＩＣカードをタッチする幼馴染を捉えた。

「お待たせ！　遅くなってごめんね、キュー君」

「ううん、そんなに急がなくてもよかったのに」

少しだけ息を弾ませている彼女は、カーキ色のカチューシャでグッと前髪を上げ、蝶のデザインのバンスクリップで後ろ髪をまとめている。

ネイビーの半袖ワンピースは膝下丈で、いつもよりフェミニンな格好に少しドキッとさせられる。電車の冷房対策なのかライトグリーンのカーディガンを丸めて持っているけど、夜を迎えても一向に暑さの抜けないこの外気では着て歩く必要はなさそうだ。

「じゃあ早速お店行こっか」

「リーちゃん、行ったことあるの？」

「二回くらいね。でも結構前だから、地図見ながらじゃないと行けないかも」

スマホでマップのアプリを起動し、画面を見つつキョロキョロと近くの目印を探しながら歩く理香さんの横を歩いていく。

日は沈んでいるけどまだまだ明るい、夏特有の薄紫の夜が街を覆っていた。蒸し暑い気候ではあるものの、仕事終わりの会社員が大勢闊歩《かっぽ》している駅前は活気がある。外で立ち飲みができるバルや、テラス席のあるイタリアンも大賑わいで、生ビールやシャンパンで乾杯しているグループを見ると思わず喉が鳴った。

「歩くと暑いわね。早くお店で涼みたいな」

「熱中症とか気をつけないと。リーちゃん、お酒飲むんだから」

「アルコールを分解するのに水が必要だから、熱中症とか脱水症状になりやすいって言うしね。ありがと、気を付ける」

飲むためには体が資本よね、と理香さんは胸元を叩いてみせた。

「んっと、この辺だったような……あった！　あそこよ」

理香さんが指差した先には、入り口で窓のない平屋の店が喧騒《けんそう》を離れひっそりと佇《たたず》んでいる。ドアのガラスから中を覗くと、バーテンダーと対面するメインカウンターに加え、両壁に面するサイドカウンターが用意された二十席くらいの小さなバーで、先客が一人、サイドカウンターで本を読みながら細長のグラスに口をつけていた。

「うん、これぞオーセンティックバーね」

「オーセンティック？　この店の名前？」

「違うわよ。オーセンティックって『本物の』とか『正統派の』みたいな意味があるの。オーセンティックバーっていうのはつまり、本格的なカウンターがあったり、熟練のバーテンダーがいたり、格式のあるオトナなバーってことよ」

「ああ、カジュアルなバーとは雰囲気が違うしね」

多くの人が「ドラマのデートシーンでよく見るバー」と聞いて思い浮かべる、正に今、俺達が来ているような店を指すということだろう。

「よし、じゃあ入るわね」

予約した時間ぴったりの一九時半にドアを開ける。店内に流れる女性ボーカルのジャズを聞きながら「どうぞ」と案内されるままにメインカウンターの左端の席に座ると、マスターと思《おぼ》しき四十代後半くらいの男性が挨拶してくれた。

「いらっしゃいませ。ご無沙汰しています」

「わっ、覚えててくれたんですね！」

どうやら彼一人でお店を回しているらしい。杏介の格好を思い出して比較しても、かなりフォーマルな装いだ。綺麗な黒髪のオールバックにひげの薄い綺麗な肌で、白シャツにノースリーブのグレーのボタンチョッキを着ている。あのチョッキはフランス語でジレと呼ぶと、前に杏介から教えてもらった気がするな。

「ふふっ、カクテル好きだから、久しぶりで楽しみ」

「リーちゃん、お酒は何でも好きでしょ」

「えへへ、バレたか。でもカクテルは結構好きな方よ」

期待に満ちた表情を浮かべる理香さんにツッコミを入れながらも、以前彼女から聞いた話を思い出す。理香さんの父親がカクテル好きで、かつては自宅でシェイカーを振ったりしていたらしい。彼女が好きなのも、きっとその影響に違いない。

理香さんがまた父親を思い出していないか心配しつつスマホを開くと、依頼人から連絡が来ていた。

「依頼くれた黒戸《くろと》さん、そろそろオフィス出られるから、あと一五分くらいで着くらしいよ。『遅くなってしまってすみません、と探偵さんにも伝えてください』ってさ」

「分かった。すごくちゃんとした方ね」

「そうなんだよ、デキる社会人って感じ」

待ち合わせ日時や場所についてのメッセージのやりとりも迅速且つ明快で、テキストだけでしっかりした人だと理解できた。

「じゃあ先に飲んでよっか。何にする？　ワタシは決めてるけど」

「んー、そんなに詳しくないから、リーちゃんと同じもの頼むよ」

「うん、分かった」

何が出てくるか秘密にするように、彼女は俺に隠すような形で黒革のメニューを持って注文する。マスターは「かしこまりました」と静かに頷き、直線的な逆三角形のカクテルグラスを用意した。作る様を見られるのは、このメインカウンターの魅力の一つだろう。

マスターはまず、カクテルグラスと注ぎ口のついた調合用のグラスに氷を入れる。理香さんが肘で俺の腕を小突き、「グラスを冷やすためよ」と教えてくれた。

やがてどちらのグラスからも氷を除き、二種類のお酒を調合用のグラスに入れていく。ラベルを見るに、片方のお酒はウイスキーのようだ。

さらに何か別のボトルから数滴垂らし、マドラーで静かに混ぜたうえで、カクテルグラスに注ぐ。出来上がった赤いお酒が二杯、コースターに載せられ、カウンターを滑らせるように手元に運ばれた。

「お待たせしました、マンハッタンです」

やや黒っぽさもある、レンガのような赤色。グラスの底に、飲み切った後の甘美なご褒美のように、ピンに刺されたレッドチェリーが眠っている。

「マンハッタンって割と有名なカクテルだよね？」

「うん。この色と比較的甘めの味わいで『カクテルの女王』って呼ばれてるわ。ちなみに『カクテルの王様』はマティーニね」

なるほど、女王か。それはこういう店で飲むに相応《ふさわ》しいな。早速味見を――

「あ、キュー君、強いお酒だから気を付けてね！」

「んぐっ、ぬぐっ！」

カクテルグラスに注がれたカクテルは度数が高いものが多い。そんなことをうっかり忘れ、サワーのように軽くぐいっと飲もうとして軽く咽せてしまった。

「ちょっと、大丈夫？　二十度以上あるからね」

「ごめんごめん、ウイスキーも入ってるの忘れてた」

「そうよ、日本酒やワインより強いんだから」

右隣の理香さんは、手を組んだまま両肘をカウンターに付き、その手の甲の部分に顎を乗せる。頭上にある柔らかいオレンジのライトに、咽せた俺をからかうようなイタズラっぽい彼女の表情が照らされ、鼓動は正直に速まった。

「リーちゃん、ウイスキーと何のお酒を混ぜてたの？」

「ああ、ウイスキーを二に、甘いベルモットを一の比率で混ぜたのよ。その後、ビターズっていう苦みと香りをつけるアルコールを垂らすの」

「ベルモット……」

その名前には聞き覚えがある。以前、映画に出てきて気になって調べたことがあった。

「白ワインに何か混ぜたお酒だっけ？」

「そう、ハーブとかスパイスで香りをつけてるの。フレーバードワインって呼んだりもするわね。マンハッタン、家でよく飲んでたなあ」

声のトーンで分かる。これは、自分の話じゃない。父親の話だ。俺は嫌な予感を覚え、心配になって体ごと彼女の方を向く。

「どれどれ……」

理香さんがマンハッタンをスッと口に含んだ、その瞬間。

「……ぐふっ……ぐふっ……！」

「ちょっと、リーちゃん！」

当たりたくなかった予感が的中してしまった。日本酒の謎解きの際と同じように、父親のトラウマのフラッシュバックが起こったらしい。ランビックビールの際に悩んでいたことも影響しているだろうし、カクテル繋がりで直前に思い出していたせいもあるのだろう。

俺が咽せたのとは明らかに違う、辛そうな彼女の表情。眉間にシワを寄せ、目をキュッと瞑ったまま、間接照明でもはっきり分かるほど一瞬にして彼女の血の気が引いていく。そして、座っているのも覚束《おぼつか》ないかのように、カウンターに突っ伏しそうになる体を自分の左手で支えた。マスターが見ていたら、通報されていたかもしれない。

慌ててお手拭きを渡すと、彼女は自分のものと二枚重ねて口元に持っていった。吐血したかのように、お手拭きが赤く染まる。彼女からサッと受け取り、自分の左側に積んだ。

「えへへ……ごめんね、キュー君」

「いや、謝らないでいい、けどさ」

吸いこむように水を飲みながらバツが悪そうに苦笑いする彼女を見ると、心がギリギリと締め付けられ、俺は堪らず一瞬だけ視線を外してマスターに水のおかわりをお願いした。

「あのさ、無理しないでいいんだよ、リーちゃん。他のお酒に変えてもいいんだし、それこそ飲まなくたって」

「大丈夫よ、カクテル好きなのはホントなんだから。それに、お酒に罪はないんだし」

顔を微かに顰めつつ、オールバックポニーテールで全開のおでこにハンカチを当てて汗を拭きながら、彼女はグラスに半分ほど残ったマンハッタンを飲む。お酒を愛していることを十二分に知っているからこそ、「お酒に罪はない」と本気で言っているのが分かるし、その分、思うように飲めない様を見ているのが辛かった。

「そろそろ大丈夫かなと思ったけどダメね。回復にはもう少し時間がかかるのかな」

「……それだけ傷が大きいってことだよ」

「………かもね」

リラックスするように、目を見開いてすぼめた口で息を吐く。その目に僅かに覗く寂しさが、彼女の本心を透けさせる。

一度だけ、彼女が話してくれたことがあった。

「普通、になりたいな。『うちの家、普通の家だったよ』って笑って、『ちょっとダメな父親でさ』って家族の思い出話できるようなさ」

だから、彼女は待っているのだ。何の心配もなく、フラッシュバックも起きずに、普通に楽しくお酒が飲める日々を。

「分かった。でも、危なそうだったら止めるからね」

「うん、ありがと。低い度数のカクテルを飲み直そうかな。すみませんマスター、ビッグ・アップルください」

　全く聞いたことのないカクテル名を耳にし、「かしこまりました」と返事をして作り始めるマスターの動作を興味津々で覗く。氷を入れた細長いグラスに、ウォッカとリンゴジュースを入れ、軽くかき混ぜるだけのシンプルなカクテルだった。

「お待たせしました」

　黄色寄りのオレンジ色のカクテルは、少し細工をして切った皮付きのリンゴがグラスの縁に刺さっているのがおしゃれだ。

「ビッグ・アップルってニューヨークの愛称だけど、なんでこの名前がついたのかは諸説あるらしいわ。キリスト教の影響で西洋では魅力的な果実って扱いだからとか、大恐慌時代に失業者がニューヨークでリンゴ売りをしていたからとか」

「へえ。家でも簡単にできるカクテルだね、いつか作ってみたい」

「そうそう、スクリュードライバーと同じよね。あっちはリンゴジュースの代わりにオレンジジュースだけど」

　グラスを手に持った理香さんは、柔らかい照明で中身を透かすように掲げて、グラスの外側から中を見つめる。

「このお酒はね、ちょっと特別なの。お父さんが荒れる前も荒れた後もよく作って飲んでたし、ワタシにも『お前に合う酒だ』って教えてくれたのよ。まだ未成年だったのにね」

ゆっくりと口元に近づけ、そのグラスを傾ける。そしてコースターの上に置いたかと思うと、彼女は体ごとパッと後ろを振り向いた。

「ちょうど来たみたいね」

入り口のドアが開いたことで外の雑音が入る。音で来客に気付き、後ろを向いた彼女の視線の先に、三十代半ばくらいの一人の女性がいた。身長は百六十センチ弱くらいで、理香さんよりやや小さい。艶のある肩までの黒髪ストレートが綺麗だけど、もっと印象的なのは服装だった。白のインナーに薄手のグレーのテーラードジャケット、下はスキニーなライトベージュのパンツで足早にこちらに向かってくる様は、ＳＮＳでのメッセージのやりとりで受けた「デキる社会人」のイメージをそのまま具現化したように見えた。

「遅くなりました。謎解きを依頼した黒戸舞奈《まいな》です」

「お待ちしてました、探偵の天沢理香です！」

テンションのギアを一段階上げながら、立ち上がって挨拶する理香さん。俺はマスターに三人分の新しいお手拭きをお願いし、理香さんの右隣の席にコースターを用意してもらって、依頼人を出迎えた。

【事件編】グラスの氷

「進藤さん、色々ご連絡ありがとうございました」

「いえいえ、こちらこそすぐに日程調整の返信もらえて助かりました。お仕事、大丈夫でした？」

退勤が予定より遅れたことを気にかけると、黒戸さんは慌てて手を振る。

「すみません、大丈夫でしたよ。ちょっと面接が長引いちゃって」

「面接……採用ですか？」

「そうなんです。不動産の会社で中途採用を担当してて。平日に面接をやろうとすると、どうしても定時後になっちゃうので」

ジャケットを脱ぎ、椅子の背もたれに掛けながら、黒戸さんは仕事を説明してくれた。

見た目はクールだけど、可愛らしさのある声だし、話し方も柔らかい。俺が新卒一年目の社員だったとしたら、彼女のような人に上司になってほしいと思うだろう。

「舞奈さんって可愛い名前ですね！」

「そうですか？　ありがとうございます」

静かに微笑む黒戸さんに、理香さんは「ワタシもそういう可愛い名前で呼ばれてみたいなあ」と口を尖らせて両手を擦り合わせる。すっかり調子が戻ったのか、無理している様子もなく、いつもの快活なキャラになっている。

「じゃあ、まずは乾杯してから謎を聞くので！　舞奈さん、お酒は大丈夫ですか？」

「あ、はい、飲めます、ありがとうございます」

理香さんが上機嫌にメニューを渡すと、彼女は両手で丁寧に受け取った。柔和な笑みの中に、悩んでいる様子が微かに見え隠れする。

「私は……ミモザにしようかな」

「いいですね、ワタシもミモザにします！　久登君はどうする？」

名前だけではどんなカクテルかパッと浮かんでこないけど、なんとなく飲みやすいお酒だったのは覚えている。

「じゃあ俺も同じのにします。すみません、ミモザ三つ」

「あ、ついでにフードのオーダーもいいですか？」

俺に続いて、理香さんが注文する。マスターは低い声で「かしこまりました」と返すと、さっきのカクテルグラスとは違う細長いグラスを一つ一つ取り出して並べ、マンハッタンと同じように氷を入れ、マドラーで混ぜて冷やしていく。

その氷を取り除いた後、オレンジジュースとシャンパンが静かに注がれ、鮮やかなオレンジ色がグラスに満ちていった。

「ミモザです」

三人それぞれのコースターに置かれるお酒の表面で、シャンパンの泡が打ち上げ花火のようにプチプチと上がっては儚《はかな》く消えていく。

「じゃあ、乾杯！　舞奈さん、今日はよろしくお願いします！」

「よろしくお願いします」

およそオーセンティックバーには相応しくないようなテンションの理香さんの挨拶で乾杯した。

冷たいグラスを持って顔に近づけると、オレンジジュースのふわっとした甘い香りが鼻をくすぐる。

「すごい、香りだけでもう美味しそうだ」

「ふふっ、久登君。飲んでみるともっと感動するわよ」

理香さんの誘いに乗るように口をつけてみると、シャンパンの華やかな味わいが口の中で膨らんでいく。オレンジジュースの酸味がシャンパンの甘みをキュッと引き締めていて、さらに度数も低めでスッキリとした味わいなので口当たりがいい。

「うわ、これ美味しいなあ」

ストレートな感想が口をついて出る。一杯目に飲むには最適なお酒だ。黒戸さんのチョイスは大正解だな。俺と理香さんは一杯目に二十度超えの酒を飲んでるけど。

「ミモザは、この世で最も贅沢で美味しいオレンジジュースって呼ばれてるお酒よ」

「へえ、そうなんですね」

そう言いながら、黒戸さんはグラスの縁に指をかけ、ゆっくりと口元に持っていった。ちょっとした仕草の端々に品の良さを感じる。

「ふう、美味しかった！」

子どもがファミレスでオレンジジュースを飲むようなハイペースで真っ先に飲み終えた理香さんは、もう既に少し赤ら顔になっている。目も赤くなり、潤んできている彼女を見ながら、黒戸さんはやや心配そうな表情で俺に視線を向けた。

「あの、天沢さん、飲んで大丈夫なんですか……？」

彼女の心配ももっともだ。酔うと思考力も記憶力も鈍るのが普通なのだから。

「あー、ちょっと理香さんは特殊でして。お酒が入ると推理力が研ぎ澄まされるみたいなんです」

「え、すごい！」

年上の素敵な女性に褒められたのが嬉しかったのか、彼女は嬉しそうに体を揺らした。

「そうそう、それで幼馴染の久登君とコンビで『リカーミステリ・オフィス』をやってるんです」

「まあ俺は連絡窓口ですけどね」

「そんなことないよ。幼馴染はいるだけで心強いし！」

「でも理香さん、カクテルは飲みすぎ注意だよ。度数も高いの多いし、気付いたら推理どころかへべれけとか困るからね」

「ふっふっふ、久登君、その言葉はそっくりそのまま君に返すわ。前みたいに『モヒート美味しい！』ってガブ飲みした結果、スマホをなくしたとか騒いで、胸ポケットに入ってたスマホで『これで電話して見つけよう』とか言って自分の番号にかけようとした――」

「わーっ！　やめてやめて！　その話は禁止！」

狼狽《ろうばい》する俺と「うはは、勝った！」と叫ぶ彼女を見て、黒戸さんはクスクスと笑った。

「仲の良い姉弟みたいですね」

「そうなんですよ、よく言われます！」

黒戸さんに同調した理香さんがサムズアップしてみせる。気の置けない関係であることは嬉しい反面、いつまでも弟ポジションでいることが少し悲しくもあったり。

「あ、フードが来たわよ」

さっきの会話の勢いをひきずり、やや興奮気味な理香さんが俺のシャツの袖を引っ張る。

マスターがカウンターの奥から腕を伸ばし、真ん中に座る理香さんの前に細長い皿がコトリと置かれた。綺麗に盛り付けられた料理から香ばしい香りが漂い、鼻を刺激する。

「干しエリンギとニンジンの生ハム巻きです」

「美味しそう！」

名前からして食欲をそそる一品に、黒戸さんも小さく叫ぶ。割かれた焼きエリンギと細切りのニンジンが数本ずつ、くるっと生ハムで巻かれていた。

「どれどれ……ふおお、やっぱりこれ最高じゃない！」

ハイテンションな理香さんに続いて頬張り、負けず劣らずのトーンで「うまっ！」と自然に笑みが零れる。

キノコの旨味がしっかり凝縮されていて、歯ごたえも抜群な干したエリンギを、オリーブオイルで炒めてある。オイルの香りに生ハムの塩気、そしてニンジンに少し残っている歯ごたえも一気に押し寄せ、シンプルながら箸が止まらない料理になっていた。もちろん、エリンギを噛むほどに染み出る旨さとしょっぱさが、スッキリな味わいのミモザとマッチするのは言うまでもない。

「舞奈さん、どうですか？」

「すごく美味しいです。キノコを干すのは大変そうだけど、家でも作ってみたいな」

「えへへっ、ですよね。前来た時に頼んで一発で気に入っちゃって。喜んでもらえて良かった！」

理香さんは両手をグーにしてガッツポーズをした後、フッと短く息を吐いて落ち着きを取り戻した。

「それじゃ舞奈さん。謎について話してもらってもいいですか？　できるだけ詳細にお願いします」

「……分かりました」

黒戸さんは、手を拭くために持ったお手拭きを軽くギュッと握り、カウンターの上に戻しながら話し始めた。

「あの、いきなりプライベートな話で申し訳ないのですが、実は最近付き合い始めた人がいまして」

「わっ！　素敵ですね！」

「おめでとうございます！」

理香さんと俺で順番に言祝《ことほ》ぐと、彼女は「ありがとうございます」とやや照れながら会釈した。

「川富浩司《かわとみこうじ》さんという方です。私の二つ上、三六歳で、ここ何年も女性とお付き合いしていなかったと聞いています。あの、こういうこともきちんと話した方がいいんですよね？」

「そうですね、何が謎解きのきっかけになるか分からないので！」

「分かりました。彼はメーカーで営業を担当しています。三ヶ月ほど前に飲み会で知り合った人で、休日のお茶や仕事終わりの食事のデートを何度かしました。先々週、ディナーをしたときに告白されたんですが、その告白が問題なんです……。

デートの場所はカクテルも有名なイタリアンでした。彼は結構お酒好きで、特にカクテルが好きだそうです。だから、私はあまり詳しくないですけれど、飲みたいときはそういう店に行くことが多かったですね。

平日だったので、私も彼も職場から直行でした。彼はスーツで、雨が降って涼しい日だったのでジャケットも着ていましたね。ネクタイもしていたんですけど、いつも着けている、綺麗な青い宝石のついたタイピンが素敵だなって会う度に思っていました……すみません、脱線しましたね。

お酒を飲みながらカプレーゼやピカタを食べて、大体お腹も落ち着いた頃です。しばらく浩司さんが私の方を何度かジッと見て、喋らないままでいるんです。もう何度もデートしていたので、ひょっとしたら、と思って心の準備をしていました。

すると彼がしっかりと私と目を合わせて、『舞奈さん、ちょっといいですか』って切り出してきました。私もいよいよ来ると思って構えました。オッケーする気でいたので、返事を迷ったというより、なんて答えるのが良いか考えてましたね」

探偵のオーダー通り、黒戸さんが詳《つまび》らかに話してくれる。何回聞いても、こういう色恋の話はこっちが少し気恥ずかしくなってしまう。俺もあと三年くらいしたら、理香さんのように楽し気にふんふんと聞けるだろうか。

「それで、ここからが謎なんです。『ずっと誰かとお付き合いするってことがなかったんですけど……』と言われて緊張が最高潮に達したんですが、なぜか彼はそこで止まってしまったんです。顔はこっちを向いてるんですけど、何か迷っているみたいに目がキョロキョロして、十数秒黙ったままで。

　私、具合が悪くなったのかもと思いながらも、なんて声かければ良いか分からなくて、困ってたんですね。

　そうしたら急に、浩司さんは『ちょっとごめんね、暑いね』って言って、ネクタイを緩めて取ったんです。変なタイミングだとは思いましたけど、向こうも緊張してるんだろうなと思いました。

　いよいよかなと背筋を伸ばしていると、彼はじっとグラスのカクテル……ごめんなさい、何のカクテルかは忘れてしまったんですけど……それをジッと見た後、スタッフに声をかけて空のグラスとマドラーをもらったんです。そして『本当にごめんね、もうちょっとだけ待ってて』と言った後、私に気を遣ったのか、軽く手で隠しながらカクテルからその空のグラスに氷を移し始めました。それで最後に、氷のなくなったカクテルをガッとマドラーで混ぜたんです。私、何をやっているのか分からずにポカンとしてしまいました」

　黒戸さんの話に大きく頷いてしまう。なぜなら、聞いている俺もポカンとしているから。

緊張していたにしても、真剣な交際を申し込む際には似付かわしくない、不可解な行動だ。川富さんのやっている行為も、そんな行為をした背景も、全く見当がつかなかった。

「その後、普通に告白されたので『よろしくお願いします』と返事したんですけど、正直なところ反射的に返したような感じで、実際は心ここに在らずでした。頭の中では、彼が一体何をやったのか、そればっかり考えていたので……」

俯《うつむ》くようにして、黒戸さんはミモザを静かに飲む。グラスを置くと、水滴がグラスに沿って落ち、コースターに描かれた黒線の店のロゴを滲ませた。

「これで話は全部ですね。別に間違ってオッケーしたとか、付き合いを取りやめるとかはないんですけど、どうしても彼の行動の理由が知りたくなって……それで天沢さんに依頼することにしました」

「話してくれてありがとうございます、舞奈さん。すごく興味深いですね！」

握り拳の人差し指の部分を口元に当てた理香さんは、黒戸さんに話しかけながらもニヤけそうになっている。川富さんの告白前の奇妙な動き、それを聞いた彼女の、飲んでも充血気味にならずに真っ白なまま潤んだ目は、新しいオモチャを見つけた子どものように爛々と輝いていた。

「舞奈さん、一つだけ思い出してほしいんですけど、そのカクテル、何か特徴があったか思い出せませんか？」

「ううん、ごめんなさい、もう浩司さんのあの行動で他のことが吹っ飛んじゃって……色は透明っぽかったような……」

「ふむふむ……果物とか、なんかグラスに入ったりしてました？」

「そうですね、入ってたような気がするんですけど……ああ、あの後も飲んじゃってるから記憶がごっちゃになってますね……すみません、思い出せなくて」

おでこに手を当てて唸る黒戸さんに、理香さんは「いえいえ」と優しく返した後、両人差し指で逆三角形の形を宙になぞった。

「もう一つだけ。氷が入ってたってことは、こういうカクテルグラスじゃないですよね？」

「ええ、普通の細長いグラスでした。こんな感じの」

黒戸さんはミモザの入っているグラスを指でカツンと弾く。それを聞いた理香さんは、にんまりと微笑んだ。

「材料は大体揃ったと思います。これで推理してみますね。すみませんマスター、マティーニを一つお願いします！」

すぐに熟考に入るかと思いきや、お酒を頼んでしまう彼女に拍子抜けしてしまう。でも、彼女にとってはこれこそが謎解きのガソリン。

「お待たせしました、マティーニです」

カクテルグラスに入った無色透明な液体に、ピックの刺さったオリーブが沈む。理香さんの前にあるコースターに置かれると、食べられるのを待って駄々をこねるかのようにオリーブがユラユラと揺れた。

「理香さん、マティーニが『カクテルの王様』でしたっけ？」

「うん、そう。ジンとベルモットを混ぜるだけのカクテルよ。シンプルな分、作る人によって大きく味が変わるわね」

なるほど、バーテンダーの腕が問われるし、その店のレベルを測る物差しにもなる。店側にとっては、注文されると緊張しそうなカクテルだ。

「それじゃ、いただきます」

静かに口をつけ、まるで蕎麦湯《そばゆ》を入れた後のつゆを味わうかのようにすうっとマティーニを飲んでいく。半分ほど飲み、ふうっと息を吐いた彼女は、度数の高い酒にもかかわらず、全く顔を顰める様子がなかった。

「うん、結構酔ってきたわね」

自分の調子を確かめるように理香さんはグラスを置く。今まさに、彼女は探偵になろうとしていた。

【推理編】飲めば伝わる

理香さんは、捲れたネイビーのワンピースの半袖を直し、カーキ色のカチューシャを外して、あげていた前髪を撫でるようにおろす。そして、後ろ髪を留めている蝶のバンスクリップを外した。後ろの髪が重力に抵抗するようにふわりと舞いながら肩に下りる。ほのかに香る、甘いフレグランスはスミレを思い出させた。

「天沢さん、髪の毛おろしたところも素敵ですね」

ヘアアレンジを変えて別人のようになった理香さんに、黒戸さんは目を丸くして驚嘆している。

「ええ、ありがとうございます。伸びてきたから手入れ大変ですけどね」

これまでと違う声のトーンに、黒戸さんはやや面食らったように大きく目を見開いた。

さっきまでの理香さんなら「ホントですか！　嬉しい、ありがとうございます！」とでも言いそうなものなのに、髪型の変化と同時に喋り方すらほぼ別人のようになっている。彼女の中で、完全に探偵モードに入っているということなんだろう。

そして彼女は、推理を始めるためのルーティンを締める、自分への掛け声を口にする。

「さ、いこっか」

　グラスに残ったもう半分のマティーニにグッと口を付け、「マンハッタンをください」と頼んだ後、黙って前屈みになった。

「……ぷー……ぷ、ぷ、ぷ、ぷー……」

　むくれている幼稚園児のように頰を膨らませたまま、理香さんはわずかな破裂音を立てて息を吹く。視線は全く動いていない。今回の事件の川富さんに負けず劣らずな彼女の奇行を、黒戸さんは不思議そうに見ていたが、やがてカウンターの椅子に沿うように背を反らして二つ隣の俺に訊いてきた。

「あの、進藤さん。天沢さん、どうしたんでしょう?」

「大丈夫です。理香さん、こう見えて推理してるんです」

「えっ、そうなんですか。すごいですね……」

　俺達の会話も、理香さんの耳にはほとんど入っていないだろう。

　サーブされたマンハッタンを理香さんはスッと手元に寄せ、アイスティーでも飲むかのように軽く口をつけた。いつの間にか頰を膨らませるのはやめ、単語をぽつりぽつりと吐き出しながら、右手の人差し指と中指を交互に動かしてトントンッとテーブルを叩いている。やがてその二本の指はむくっと起き上がり、トコトコと歩き出したので、俺は笑いを堪えて視線を逸らした。

「グラス……氷……透明………」

「氷をどける……氷に使い道が……」

彼女が謎解きを始めてから一五分。マティーニを飲みながらカウンターの奥のシンクあたりに視線を固定し、相変わらずブツブツと呟いている。何も知らない人から見たら酔ってうわごとを言っているだけの人のように見えるかもしれないけど、完璧に集中している証だ。

居酒屋やスペインバルのような店と違って騒がしくないので、男性ボーカルが穏やかに歌うジャズをBGMに一心不乱に推理に打ち込んでいる。スポーツで言うところの「ゾーン」に入った、というのに近いだろう。そしてふと意識がこっちの世界に戻ってきたかと思えば、かなり真っ赤になった頬にハキハキした声でマティーニとマンハッタンを交互に注文し、飲みながらまた呟き始める。あんなに度数の高いお酒を飲んで、なぜ集中して推理し続けられるのだろう、と改めて感心してしまう。

黒戸さんも始めは気にかけていたものの、これが彼女の推理スタイルなのだと理解したようで、邪魔をしないようにメニューを開きながら注文したカクテルを飲んでいた。

「……久登君、どう思う」

「俺ですか？」

そこから十分ほど経ったとき、理香さんが目線だけこちらによこして、藪《やぶ》から棒に話を振ってきた。こういう時は行き詰まっているサイン。雑談でも気が紛れるなら、俺が思いついた案を披露しよう。

「なぜ川富さんは氷をグラスからどけたのか。真っ先に思い浮かぶのは、氷が嫌だったから、ですよね。つまり、飲み物が薄まるのを避けたかった」

「まあそれはないわよね」

議論の俎上《そじょう》にも上がらないまま却下される。推理に没頭しているときの彼女は、割合ドライだ。

「本当に薄まるのが嫌なら、オーダーするときに氷入れないでもらえばいいのよ」

「それは……そうですけど……」

お酒が濃すぎたから少し薄まってから取り出した、というのは現実味がない。でも途中でよけたってことは必要がなくなったってことで……あ、そうか。

「今度こそ分かりましたよ、理香さん、黒戸さん」

急に降って湧いたアイディアに、調子に乗って黒戸さんにまで声掛けをしてしまう。

「川富さんは冷たすぎる飲み物がダメだったんです。だから、程よく温度が下がった時点で、氷を除こうとした。これなら始めは入れておく必要がありますよね」

一気に捲し立てたものの、黒戸さんの反応は薄く、真顔のまま小首を傾げる。

「浩司さん、冷たいのが苦手なんて聞いたことないですね。それに、それまで飲んだカクテルではそんなことしてませんでしたけど……」

「大体ね、久登君。直前に川富さんはネクタイを外してるの。暑がってたんだとしたら、冷たいのは困るっていうのはちょっと考えづらいんじゃないかな」

「んん……じゃあ、急に腹痛になったとか。だから冷たすぎるものは避けたんですよ」

「あのね久登君」

やれやれ、というニュアンスを含んだ溜息交じりに、理香さんが首を振った。

「氷どけなきゃいけないほどの腹痛で告白なんかすると思う？　それにその後も普通にお店にいて飲んでたみたいだし、たぶん元気だったと思うわよ」

「ですよね……」

相当無理なアイディアだったので、予想通り論破される。これ以外の理由なんて、到底思いつきそうになかった。

「何かあるのよ、何か……」

獲物を追い求める猛禽類《もうきんるい》のような目になった彼女は、マティーニを口にする。そしてそのまま、今度は昼間のフクロウのようにジッと動かなくなり、頭の中に広げた想像力とロジックの世界に没頭していった。

「ううん、かなり難しいわね」

さらに七、八分後、彼女は座ったままグッと伸びをして背もたれに寄り掛かり、体をずいっと後ろに傾ける。

壁に掛けられた時計の短針は、まもなく九に差し掛かろうというところ。こういうバーはむしろ二次会以降の時間の方が混むのでは、と思っていたが、予想通り少しずつカップルのペアが増えてきた。幸い俺達の座っているメインカウンターは右端の席に一組が座っただけで、左端の俺達三人との間にはスペースがあり、あまり周りを気にせずに会話ができる。

「理香さん、何か手掛かりくらいは掴めましたか？」

「……うん、そうね、なんでカクテルの氷を取り除いたかは分かったんだけど」

「えっ！」

さらっと返事する彼女に心底驚いてしまう。そしてそれは、カウンターに身を乗り出していた黒戸さんも一緒だった。

「それが一番の謎じゃないですか！　結局どういう理由なんですか？」

「いや、まだ中途半端なのよ。行動の意味は分かったんだけど、なんでそんなことをしたのかは分かってないの。トリックは分かったけど動機が読めない、みたいな感じね」

だからもう少し考えないと、と彼女はマンハッタンのグラスの長い脚を、細い指で上から下にツツ……と撫でた。頬を染めた顔でのその仕草は、些《いささ》か扇情的ですらある。

「舞奈さん、川富さんはグラスの件については何も説明してくれてないんですよね？」

「ええ。ごめんね、って言うだけでしたね」

「そうですよね……そんな振る舞いを見たら舞奈さんが気にかけることなんて、向こうも分かってるはず。それでも断りを入れるだけってことは、それだけ説明しづらい話ってことかもしれないわね……」

　自分自身に説明するように独りごち、カクテルを飲み干す。俺が飲むたびに「おうっ」とえづきそうになる程の強い酒を、よくもまあすいすい飲めるものだ。

　やがて、彼女は腰を持ち上げて椅子に座り直し、黒戸さんの方を向いた。

「舞奈さん、この謎、明日か明後日くらいまで預からせてくれませんか？　それで解けなかったら、分かってる部分だけでも説明しようと思うので」

「分かりました。でもすみません、余計な考え事をお願いしちゃって」

　いえいえ、と彼女は小さく扇ぐように手を振る。

「悩んでる舞奈さんにこんな言い方をしたら失礼ですけど、とても面白い謎なので。頑張って解いてみようと思います」

　負担になってないことが分かったからか、黒戸さんは安堵したように微笑んだ。

「じゃあ、よろしくお願いします。楽しみにしてますね」

こうして、今日は一旦解散することになった。例によって、黒戸さんは謝礼も兼ねてと言って全額払おうとしたが、理香さんは「謎解きして美味しいお酒が飲めたので、こっちがお礼したいぐらいですよ」と受け取らず、自身の分だけ払ってもらうようにする。ブランド物の綺麗な長財布を取り出してお札を支払い、彼女は礼儀正しく一礼してお店を出ていった。

「さて、もう一杯……と言いたいところだけど、今日はワタシも帰ろうかな」

「リーちゃんが家に籠って考えるなんてよっぽどの事件だね」

「推理もあるけど、家で漬けてた梅酒ができ上がってるのよ」

「結局お酒かーい！」

思わずくだけて返事すると、彼女は楽しげにクスクスと笑った。いつもの快活な笑い方とは違うその仕草はズルいな、と胸の奥がキュッと締まる。

「どんな飲み方がいいかな。やっぱり王道はロックよね」

「暑いからソーダ割もいいんじゃない？」

「確かにいいかも。コンビニで買って帰ろうっと」

コンビニでどんなおつまみを買うかという話をしながら会計を終えて、神田駅まで戻った。一緒に山手線に乗ったものの、最寄りが秋葉原駅の彼女は一駅で下車し、駒込駅まで十五分ほど一人の時間を過ごすことになる。

最後に残っていたカクテルを一気に呷ったせいか俺はすっかりいい心持ちになり、挑戦しようとしていた謎解きの続きは諦めて、中吊りに載っている面白そうな本をスマホで調べて過ごした。

＊＊＊

「いやあ、やっぱり仕事終わりのカクテルは最高だね！」

「リーちゃん、昨日も仕事終わりのカクテル飲んだのに」

「ちょっとキュー君、明日は明日の酒を飲む、って言うでしょ。瀬戸内君、スプモーニもう一つ！」

聞いたことのない諺《ことわざ》を軽快に言い放ち、おでこを全開にした理香さんは細長いグラスに入ったサーモンピンクのカクテル、スプモーニを麦茶でも飲むかのような勢いで減らしていく。俺は暑さのせいかスッキリしたお酒が飲みたかったので、ジンジャーハイボールを頼み、時折グラスを包むように握って手を冷やしていた。

黒戸さんとの面会の翌日、八月六日。理香さんから「推理するから付き合って！」と連絡が来て、一九時過ぎからＩｎ ｔｈｅ Ｔｏｒｃｈに来ている。

いつもは静かに飲みながら杏介と軽口を叩くことが多いけど、今日は店の様子はがらりと変わっている。会社員の団体客が来ているらしく、四人掛けの四つのテーブルが全て埋まっていて、時折席替えをしながらワイワイと騒いでいる。俺達が座っている場所と反対側、店の奥方のカウンター席に座っているのもテーブル席のメンバーの同僚らしく、店はほぼ満席状態だ。賑わいでBGMは聞こえず、新宿や渋谷で見かけるカジュアルなバーのような雰囲気になっている。杏介は、柔らかいオレンジの間接照明の中を忙しなく動き回り、チーズの盛り合わせや乾煎りしたミックスナッツを運んでいた。

「リーちゃん、そんなに急いで飲まなくても。ほら、杏介もすぐにおかわり作るの難しそうだし」

「暑いから、ぐいっと飲みたくなっちゃうのよ。それに、スプモーニだから度数低いわよ。五度くらいじゃないかな」

あっという間に飲み干した理香さんは、満足そうに息を吐きながら空のグラスを優しくコースターの上に置く。昨日フラッシュバックが起こっていたのでやや心配していたものの、今のところ大丈夫そうだ。

彼女は、さっき頼んだおかわりを待ちながら、カクテル名の豆知識を教えてくれる。

「スプモーニはイタリア語の『泡』『泡立つ』が語源って言われてるわ。カンパリ、グレープフルーツ、トニックウォーターをステア《混ぜる》して泡立てるからこういう名前になったの。まあそんなこと言ったら他のステアするカクテルもみんな多少は泡立つけどね」

「確かに、全部スプモーニだな」

「天沢さん、スプモーニのおかわりお待たせしました！」

普段の倍くらいきびきびと動いている杏介が、ツッコミどころのある名前のカクテルをもう一杯運んできた。細長いグラスに少し口をつけた後、彼女は手元にある料理の載ったお皿の端をトントンと指す。

「それよりキュー君、ワタシが瀬戸内君に提案した新メニュー、どう？」

「はい、参りました。大変美味しゅうございます」

赤い彩りが目にも鮮やかな、マグロの中落ちとミニトマトの焼き海苔巻きを絶賛しながら、丸い大皿から自分の取り皿に一つ移した。

醤油を垂らした中落ちと、半分にカットしたミニトマトを炙った海苔で巻くだけ。一見トマトが邪魔にも思えるけど、食べるとミニトマトの酸味と瑞々しさがマグロとうまく合わさっていて、納得の相性だった。中落ちの塩気は甘さすっきりのカクテルとも相性が良い。何より、ヘルシーなのに食べ応えがあるのも嬉しい一品だった。

「でもリーちゃん、こんな騒がしい場所で謎解きでき――」

「もちろん、できるわよ」

俺が全て言い終わる前に、彼女は両手を後ろに伸ばす。編み込み仕立ての薄緑色のヘアゴムを取って髪をほどき、早々にミディアムヘアの探偵になってしまった。

「さ、いこっか」

少し伸びた、ビターなダークブラウンの髪が、照明に照らされてツヤを光らせる。そして、顎に手を当てた彼女は、スプモーニの語源を解説してくれたときとは全く違う雰囲気でブツブツと話し始めた。

「んん……やっぱり背景が分からない……個人的な問題……カクテルで……」

もはや何を言っても、彼女の耳には届かないだろう。

急に呼び出されたと思ったら好き勝手にお酒を飲み、自分のタイミングで推理を始める。なんてマイペースなんだとも思うけど、それがちっとも憎めない。むしろ、そんな風に振る舞ってもらえることが嬉しくもある。

きっと荒れる父親や怯える母親の顔色ばかりを窺っていたであろう高校時代とは違って、理香さんが安心して素でいられるのだと思いたい。俺に気を遣わずに一緒にいてくれるのは掛け値なしに幸せだった。

「ああ、浮かばないなあ」

目をキュッと瞑っておでこをカリカリと人差し指で掻く理香さん。時間もそれなりに経ち、グラスも結構重ねているものの、いつもの天啓のような閃きはまだ見られない。彼女がこんなに悩んでいるのを見るのは初めてではないだろうか。それほど難しい謎ということなのだろう。

「よし、ちょっと休憩。瀬戸内君、ちょっといい？」

ちょうどカウンターに立っていた杏介に声をかけ、耳打ちするように注文する。彼女の表情からは、何を頼んだか俺に内緒にして驚かせようと面白がっているのが見て取れた。

杏介もまた、ワクワクを顔に浮かべつつ、後ろの棚の上段から円錐《えんすい》を上下逆にしたような、見覚えのある細長いガラス製の器を取ってくる。そして、切ったものを鍋やフライパンに入れやすくするために真ん中に折り目がついているまな板を軽く折って自分の前に二つ立て、俺や理香さんに作る過程を見せないようにして顔を綻ばせながら調理していた。

「はい、お待たせしました、チョコレートパフェです！」

「うわ、ありがとう、瀬戸内君。すごく美味しそう」

理香さんの前に出されたのはチョコレートパフェだった。てっぺんのチェリーに生クリーム、バニラアイスにバナナ、もう一層のクリームの下にはコーンフレーク、そして全体にチョコレートソースをかけた、王道で正統派のパフェだ。奥まで掘れるようになっているロングスプーンも、ちょっと童心を刺激する。

「うん、甘い。食べてるときはカロリーなんて忘れちゃうわ」

推理前なら叫んで食べていたであろうパフェも、静かに感想を呟く。俺はちょっと意地悪してみることにした。

「いや、リーちゃん。口に出してるってことは覚えてるってことじゃ――」

「キュー君、揚げ足を取らないでね」

「ごめんなさい」

スプーンごと食べそうな勢いで咥えている彼女から、ジトッと睨《にら》まれた。

「天沢さん、お酒の方も一緒に出していいですか？」

「ええ、お願いします」

杏介がシェイカーを取り出す。バーテンダーといえばシェイカーを使うイメージがあるけど、カクテルも多くの種類があり、使わないお酒を飲むことも多い。

「作っていきますね」

シェイカーの胴の部分に幾つかのお酒と氷を入れて蓋をし、右手親指で上を押さえた後、残った右手の指で胴をしっかり掴む。左手は胴に軽く添えているだけだ。そして、数字の「8」のような軌道を描き、カシャカシャカシャと振っていく。まだ喧騒が収まらず、密集で温度も上がっている空間で、ここだけが「シックなバー」然としていた。

シェイクが終わると、パキッと蓋を開け、カフェラテ色の液体を半円で丸型のカクテルグラスに静かに注ぐ。杏介はそのコースターをゆっくり押し、パフェを幸せそうに食べている理香さんのもとへと運んだ。

「こちら、アフター・エイトになります」

「あ、知ってる。甘いヤツだ」

「なんだ久登、珍しいの知ってるな」

目線を理香さんから隣の俺に移した杏介は、どこで知ったのかと不思議そうに眉を吊り上げた。

「好きな映画でヒロインが飲んでるんだよ。カルーアとミントとリキュールと……あと何か混ぜて作るはず」

「キュー君の映画好きも思わぬところでお酒に繋がるわね」

理香さんが感心したように話に入りながらカクテルグラスを持ち、端に口をつけて吸うようにスッとグラスを傾ける。

「ベイリーズってお酒を混ぜるわ。アイリッシュウイスキーに、クリームやカカオやバニラを加えたクリーム系のリキュールね。だからこのお酒もかなり甘いの」

グラスを持って微笑みを投げかける。長く濃いまつげ、化粧の上からでも分かるきめ細やかな肌に、やっぱり綺麗だなあと照れてしまい、誤魔化すように反対側の壁に目を逸らす。時間は二十時を越えていて、アフターエイトのカクテル名にピッタリだった。

「ああ、甘い物を一辺になんて罪深いわね」

「いや、まあ気合い注入ってことなら良いと思うけどね」

冗談めいて溜息をつく理香さんにかけた言葉に、彼女はパフェに伸ばしたスプーンをピタッと止める。

「え……キュー君、なんで気合い入れようとしてるって分かったの？」

「へ？　だってリーちゃん……」

なるほど、紺屋の白袴とは正にこのことだ。探偵でも、自分のこととなると見えてないらしい。

俺は「オホン」とわざとらしく咳払いをして、ミステリー小説の探偵よろしく、人差し指をピッと立ててみせた。

「簡単な推理だよ、天沢君。僕の見た映画のシーンに拠ると、アフターエイトというカクテル名の由来は、イギリスの文化に関係しているという説がある。夜八時以降にリラックスして甘いものやお酒を楽しむ、というね」

一人称も呼び方も変えて探偵になりきる俺を、彼女はどこか楽しそうに見ている。

「でも君の場合は逆なんだよ、天沢君。飲んでいる途中に甘いデザートや甘いお酒を頼むときは、決まって気合いを入れたいときなんだ。明日に控えた会議、資格試験の前日、もちろん、推理のときもね。そこから考えれば、君が全力で謎解きをしようとしてその糖分の化け物を頼んだことは明白さ。さて、正解だったら、そのパフェを一口頂けるかな」

俺の推理を聞き、理香さんは大きく目を見開く。そんなに驚いてくれるなら、披露した甲斐《かい》があるというものだけど、全然スプーンを渡してくれない。まったく、美味しいから俺にあげたくないのは分かるけど――

「……メッセージ……行動で示す……」

放心状態のような表情のまま呟く彼女を見て、俺は勘違いに気付いた。彼女は俺の話に驚いたんじゃない、何か重要なことを発見したのだ。

「誰に……舞奈さんに……？　いや……待って……ひょっとして…………お父さんが確か…………」

呟く言葉の中に彼女の父が出てきたことに驚くものの、推理の邪魔をしないように黙って見守る。彼女は時折スマホを手に取り、ものすごい速さでフリック入力して何かを検索していた。

言葉を発さなくなってから三、四分経っただろうか。遂に、彼女はパフェの横に置いていたアフターエイトを掴み、スポンジが水を吸収するが如く一息で飲んでいく。そして、キュッと音を立ててグラスを空にし、優しくトンッとテーブルに置いた。

「ふふっ、持つべきものは良い助手ね」

「……解けたの？」

「ありがと、キュー君と、あと、お父さんのおかげね。はい、一口あげる」

破顔しながら、細長い指で持ったロングスプーンの柄を差し出してくれる。

「じゃあ、いただきます」

そんな顔が見られるなら、助手だってなんだってやってやろうという気になった。

【謎解き編】君に心を

「黒戸さん、もうすぐ来るみたいだよ」

「オッケー、じゃあそろそろ頼んでおこうかな」

翌日の七日、金曜日。俺達は水曜に来た神田のオーセンティックバーでもう一度待ち合わせしていた。席も前回と同じく、メインカウンターの左端に陣取っている。

昨日の夜、依頼人の黒戸さんに連絡をしたところ、すぐにでも聞きたいということで予定を調整してくれたらしく、花金の謎解きになった。

「リーちゃん、お盆は休みなんだっけ？」

「ううん、お盆は関係なし。八月九月で何日か取っていいって言われてるけど、どうしようか迷ってるところ」

上に突っ張るように伸びをしながら、理香さんはスマホでカレンダーを見る。マスタード色のノースリーブスのトップスに、白地に青と緑の大きな花柄のスカートで、夏らしい装いだった。

「早く来ないかなあ」

「何、キュー君、そんなに舞奈さんに会いたいの？」

「違うって。推理だよ推理。気になってさ」

「ああ、そういうことね」

明後日の方向に思い違いをしている彼女に、芝居がかって溜息をついてみせる。

俺も自分なりに解いてみようと理香さんにヒントを求めたものの、「キューくんが、ワタシがパフェを食べる理由を当てたのを思い出して」といまいちピンとこない手掛かりを提示されるだけだった。結局分からずじまいで、探偵のタネ明かしを楽しみに待っている。

一方の彼女は謎が解けたからか、幾分リラックスしているようだ。前回と同じようにマンハッタンを頼んでほぼ飲み干し、マティーニを注文しながら、グラスの底にあるピンで刺されたご褒美のレッドチェリーをもぐもぐと食べていた。

まもなく約束の一九時半という頃、黒戸さんが駆け足で来店し、ドアを開けた。

「すみません、お待たせしました」

「舞奈さん、金曜にお時間くれてありがとうございます！」

胸前一つボタンの黒のジャケットにブラウンのプリーツスカート。ティアドロップの形のシルバーネックレスが目を引く、オトナなコーディネートをしている。その表情は、理香さんとは対照的に、彼の不可解な行動への言い知れぬ不安をありありと映していた。

「どうぞどうぞ。座って、飲むもの選んでください。久登君もね」

「ありがとう。理香さん、このメニュー、黒戸さんに渡してもらえます？」

依頼人の到着と同時に、俺の呼び方も代わり、タメ口もおしまいになる。すっかり慣れたけど、切り替えが急すぎてよそよそしさがおかしいくらいだった。

「黒戸さん、どうしますか？」

「じゃあ今回は……スプモーニにします」

「あ、俺もスプモーニにしようと思ってたので、二つ頼みますね」

俺は体を前に傾け、気の晴れない顔をしている黒戸さんを覗き込むように話しかけながらメニューを受け取る。昨夜理香さんが飲んでいたのを思い出して、飲みたくなってしまった。

「お酒、理香さんはどうします？　さっき来たマティーニがあるから、しばらく要らないですか？」

俺の質問に答える代わりにマティーニを飲みながら、理香さんは大きなリボンモチーフが付いたシュシュを外し、オールバックポニーテールの髪をほどく。空調に靡きながら後ろ髪は首を、前髪は額を隠し、彼女が左手でサッとヘアスタイルを整えると、二分前とまるで印象の違う女性の探偵が現れ、俺が差し出したメニューの前に手のひらを掲げる。

「ありがとう。頼むものは決めてるから、メニューは要らないわ」

先にスプモーニを作ってもらい、全員手元にグラスが揃った。

「じゃあ改めて舞奈さん、今日もよろしくお願いしますね。乾杯」

僅かに残っているマティーニと水彩画のように鮮やかなピンクのスプモーニが、真ん中に座っている理香さんの目の前でカツンとぶつかった。

「天沢さん、ここのお店のカクテル美味しいですね。良いお店を知れました」

「ワタシも気に入ってるお店なので、そう言ってもらえると嬉しいです。舞奈さんももし良かったら川富さんと来てくださいね。あ、このナッツも美味しいのでどうぞ」

ミックスナッツの小皿を黒戸さんの手元に持っていく。今日の謎解きの主役である彼の名前が出てきたからか、彼女は僅かに目を泳がせて動揺した。

「さて、ではワタシの推理を説明しますね。マスター、頼んでたもの、お願いできますか？」

「はい、ちょうどでき上がるところでした」

黒髪をあげてきっちり整髪料で固めているマスターが、細長いバースプーンでゆっくりとお酒を混ぜている。そしてでき上がったお酒を、氷の入った口の広いグラスに注ぎ、櫛形にカットした緑のライムを浮かべ、理香さんの元へと運んだ。

「ジンライムになります」

その黄色味のある透明なカクテルを見て、黒戸さんはアッと小さく叫んだ。

「似てます！　浩司さんが飲んでたお酒と。このグラスを見たら記憶が蘇ってきました」

「そう、多分川富さんが飲んだのはこれです。ジンとライムジュースを三対一の比率で混ぜてロックで飲む、ジンライム。このカクテルの面白いところは、材料が全く一緒のカクテルがあるということです」

彼女はマスターに視線を向ける。彼はシェイカーにジンとライムジュース、そして氷を入れた後、慣れた手つきで構え、綺麗な「8」の字に振っていた。

やがて、パカリと甲高い音を立ててフタを外し、やや薄黄色の液体でカクテルグラスを満たしていく。最後に、ライムをグラスの縁に差した。

「お待たせしました、ギムレットになります」

出てきたそのカクテルは、確かに色合いが近い。果物のライムを使っているところもよく似ていた。

「せっかくなので、飲み比べてみましょう。舞奈さん、ジンライムからどうぞ」

「え、ええ」

三人でそろりそろりと二杯のグラスを移動させながら、先にジンライム、その後にギムレットを飲んでいく。

「どう、舞奈さん？」

「なんとなくギムレットの方が飲みやすい、気がします」

「そうなんです。シェイカーでシェイクすることで、度数の高いお酒と空気が混ざって、ジンの渋みが取れるんですよね。だから、同じ材料でもまろやかな味になる」

理香さんはギムレットのグラスの細長い脚の部分を親指と人差し指で挟むように持ち上げ、黒戸さんに視線を合わせた。

「川富さんはカクテルが好きだって言ってましたよね。ということは、この二つの違いも知っていたはず。つまり、ジンライムをロックではなく、シェイクすればギムレットになる、ということです」

「……あっ！」

俺も黒戸さんも、ほぼ同時に彼の行為の意味に気付いた。

「じゃあ天沢さん、浩司さんが氷を除いたのって……」

「ええ、そうだと思います」

マスターから空のグラスとトングをもらい、氷を移していく。

「さすがにシェイカーは借りられないけど、要は空気と混ぜればいいので、マドラーで思い切り混ぜたんでしょう。これで、ジンライムをギムレットに変えた」

なるほど、川富さんが何をやろうとしたか、ということは分かった。でもその結果、余計に謎が深まった点がある。

「あの、天沢さん。浩司さんがやってることは分かったんですけど、なんでそんなことをする必要があったんでしょうか……？」

そう、そこが分からない。ギムレットに変えることで飲みやすくしたのだろうか。でもそれなら初めからギムレットを注文すればいいことだ。

「はい、ワタシも一番そこに悩みました」

理香さんは頬に手を当てながらカウンターの一点をジッと見つめる。その仕草は、依頼人に何をどう伝えようか、迷っているようだった。そして覚悟を決めたのか、グッと右手を握り、黒戸さんに向き直る。

「舞奈さん、これから話すことは、ひょっとしたら貴方にとってそんなに良い話ではないかもしれません。それでも聞きたいですか？」

不意をつかれて、黒戸さんは一瞬返事を躊躇《ちゅうちょ》したものの、すぐに「お願いします」と頷いた。

「川富さんは告白するのを一旦止めて、少し迷った後にカクテルから氷を抜いてかき混ぜたと言ってましたよね。ということは、何かに気付いてジンライムをギムレットに変えたんです。そのヒントを久登君から貰いました。ワタシが謎解きのために甘いカクテルやパフェを注文したときに『甘いものを頼んだのは気合いを注入するっていうメッセージだ』

って言われて」

ギムレットを一口飲んだ後、彼女は椅子を少し後ろに引き、黒戸さんの方に顔を向けた。

「カクテル言葉です」

「カクテル、言葉？」

首を傾げる黒戸さんに、理香さんは黒革のメニューのドリンクのページを開きながら答える。

「花言葉ってありますよね？　あれのカクテル版です。さっき飲んでたスプモーニは、確か『愛嬌』だったかな」

氷を除いたジンライムのグラスをスッと撫でる理香さん。水滴が、細く長い指を濡らす。

「ジンライムのカクテル言葉は『色褪せぬ恋』です。そして彼が即席で作ったギムレットのカクテル言葉は『遠い人を想う』『長いお別れ』」

そして理香さんは黒戸さんを見たまま、穏やかな口調で続けた。

「多分、彼にはもう会えない恋人がいるのではないでしょうか。貴方に想いを伝える前に、心の中でその人に別れを告げたんだと思います」

「会えない恋人……」

脳内でその言葉を反芻《はんすう》するかのように、黒戸さんはゆっくり呟いた。

「今のまま舞奈さんに告白するのではなく、きちんと決別をしてからの方が良いと思ったのでしょう。だからジンライムをギムレットに変えた。舞奈さんがそんなにカクテルに詳しくないというのは知ってたはずなので、これは自分自身に向けたメッセージなんでしょうね」

「ちょ、ちょっと待ってください理香さん！　会えない恋人がいるって、遠距離恋愛とかですよね。その状況で告白するのがもうダメじゃないですか」

黒戸さんがショックを受けているのではと思い、慌てて問い質《ただ》す。しかし、理香さんは動揺する素振りも見せない、

「違うのよ、久登君。正確に言うと、恋人がいい、いた、なんだと思う」

「……え？　それって……」

彼女は狼狽する代わりに、幾分悲しげな笑みを湛えた。

「多分、もうこの世にいないのよ」

空のグラスに移した氷が溶けて、カランと音を立てた。


「天沢さん」

ややあって、黒戸さんが静かに彼女の名前を呼んだ。

「どうしてそこまで分かるんですか？　カクテルの件だけでそこまで考えられたわけじゃないですよね？」

彼女の声に怒気はない。ただ答えを、川富さんのことを知りたい、という想いに溢れていた。

「舞奈さんが好きだって言ってたタイピン、ありましたよね。青っぽい宝石がついてるっていうピンです。その宝石はおそらく、その亡くなった相手の骨で作ったものじゃないかと思うんです」

「それって、メモリアルダイヤモンドって呼ばれてる……」

黒戸さんの発した単語で、以前その宝石に関するニュースをテレビで見た記憶が蘇った。火葬後の遺骨から抽出した炭素で作る、合成のダイヤだ。

「ワタシの父が昔『死んだらダイヤにしてつけてくれ』と母に広告を見せながら話していたのを思い出して、謎が解けました」

急に父親のことを話し出したことに驚いてしまったが、理香さんは柔和な表情で語っている。まだ優しかった頃の父親の思い出だからかもしれない。

そして彼女の推理を聞いて、俺はもう一つのことに気付く。遺骨をダイヤにしてつけるという間柄は、少し付き合っていただけの彼女ではない。もっと長い付き合いなのか、婚約者か、あるいは。

「そうだとしたら、川富さんが変なタイミングでネクタイを外した理由も分かるんです。暑かったからじゃなくて、その宝石も外そうとした」

そしてジンライムをギムレットにして、カクテル言葉を「色褪せぬ恋」から「長いお別れ」に変えた。

奇怪に思われた川富さんの行動が、一本の線で繋がって見える。

彼はもう何年もお付き合いしていないと、前回会った時に黒戸さんが話してくれた。五、六年、ひょっとしたら十年近く前の彼女のことを想い、黒戸さんと出会ってようやく前に進む決心がついた、ということなのだろう。

「……なんとなく、気付いていたんです」

ポツリと、心に積もっていた雪が水になって雫を落とすように、彼女は話し始めた。

「もちろん、これまで話してくれたことはないんですけど、浩司さん、なんとなく影があるっていうか、不意に寂しさが顔を覗かせるようなときがあって。だから、過去に何かあったのかな、って」

女の勘、なんて冗談めかして言うこともあるけど、きっと黒戸さんなりに感じたことがあったのだろう。

「だから、スッキリしました。ありがとうございます」

そう言って、彼女はカウンターに座ったまま俺達に向かって礼儀正しく一礼する。しかし顔をあげると、まだ悩み事を抱えているのか眉をクッと下げていた。

「あとは……その話、私から彼に話した方がいいのか、迷いますね」

「舞奈さん……」

「気付いたことにして、お互いしっかり会話する時間を取った方がいいのかなあって。じゃないと、何ていうか……子どもっぽいけど……これからずっと、嫉妬しちゃいそうで」

見えない相手、もう競えない相手、どこまで行っても勝ち逃げされてしまう相手。もし自分が想っている人の言動の裏にそんな相手の存在を時折でも感じ取ってしまったら、嫉《そね》みの炎が渦を巻くだろう。「あの人のことだ」と気付くことが苦しいのに、胸のつかえが下りず、躍起になって相手の痕跡を探してしまう気がする。

「言わない方がいいと思います！」

どのように返すのかと思っていたら、理香さんは謎解きのトーンではなく、いつものアネゴキャラを彷彿とさせる明るい声で一言叫び、ずいっと黒戸さんに身を寄せる。それはまるで、少し年の離れた友人に話しかけているようだった。

「舞奈さんとの将来を真剣に考えているからこそ、貴方や店の人に不審に思われることも覚悟してネクタイやカクテルを触ったんだと思います。その気持ち、分かってあげてください。それに……」

様々な蒸留酒が並ぶバックバーをちらと見ながら、彼女は続ける。

「舞奈さんと出会ったことで川富さんの中でもきっと、お相手のことは少しずつ色褪せてるはずです。綺麗な思い出だけになってるだろうけど、時間って無情なくらい、記憶を流してくれるから」

黙って頷いている黒戸さんの表情は、さっきより随分柔らかい。理香さんは黒戸さんの方を向いているのでほとんど見えないけど、柔和な顔で語りかけているのだろう。

「でも、色褪せていくけど決して消えないから、舞奈さんも川富さんのお相手やその思い出に対して少しずつ向き合っていくことになると思います。死んでしまった相手に対する想いって難しいですよね。向こうの時間は止まってるから、ぼんやり過ごしているとこっちの妬みや憎しみも変わらないままじゃないですか。だからどれだけ時間がかかっても、いつかその人のことを理解して許せるように、逃げずに対峙しなきゃいけないんだろうなって最近思うんです」

そこまで聞いてハッとした。彼女が一瞬だけバックバーのお酒を見た理由も分かった。

今のはきっと、理香さんが自分自身に言っている言葉だ。昔は仲の良かった父を、飲んでる姿が大好きだった父を、頭に思い浮かべているのだろう。

彼が理香さん達にしたことは決して許されることじゃないけど、それでも、彼女が向き合おうという想いでいるなら、近くで応援したい。それはきっと、「幼馴染」の俺にしかできないことだから。

「ありがとうございます、天沢さん。さすが探偵ですね、説得も一流です」

「いやいや、説得なんてそんな」

慌てて首を振る彼女に、黒戸さんは「冗談ですよ」と顔を綻ばせながらメニューを開く。

「もう一杯、飲もうかな。ギムレット、頂いてもいいですか」

「もちろん。ワタシも飲みたいです」

「俺も飲むよ」

ほら、こうやって謎解きで誰かの心に寄り添えるなら、理香さんは目指していたことができている。「人を幸せにするお酒」になっている。


「天沢さん、今日は本当にありがとうございました」

「いえいえ。また何か謎ができたら、ご依頼ください。全力で解くので」

濃いめだけどスッキリしたギムレットを全員で味わった後、黒戸さんは店を出ていく。さんざん断ったものの彼女はどうしてもといって聞かず、謎解きで使ったギムレットとジンライム、そして最後に乾杯したギムレット三杯は彼女にご馳走になった。

二人きりになり、ほぼ同時に小さく息を吐いて互いの顔を見る。

「リーちゃん、お疲れさま。お酒ごとのカクテル言葉なんてよく覚えてたね」

「ううん、さすがにネットで調べたわ。一覧が載ってるサイトがあるの。見てみる？」

画面を人差し指で操作していると、すぐに俺のスマホが震える。カクテル言葉をまとめたページのURLをシェアしてくれたらしい。

「へえ、こんなサイトがあるんだな」

カクテルごとに材料と度数、そしてカクテル言葉がアイウエオ順に表示されている。今日飲んだスプモーニや、この前咽せたマンハッタン、そして杏介に出してもらったスクリュードライバーはどんなカクテル言葉なのか、ついつい探してしまった。友情、恋愛、人生など、メッセージにも色んなテーマがあることに驚く。

「そういえば、あのお酒は……」

理香さんがポツリと漏らし、自分のスマホで見ていたカクテル言葉のページをスワイプしていく。そしてピタッと手を止めたかと思うと、画面に釘付けになっていた。

やがて、声を詰まらせながら、彼女は俺に話しかけてきた。

「見て、これ。お父さんらしいなあ……」

そう言って理香さんが見せてくれたのは、彼女の父親がお酒に溺《おぼ》れるようになってからも変わらずに好きでいた、そして理香さんに「お前に合う酒だ」と薦めていた、ビッグ・アップルのカクテル言葉だった。


『強さと優しさ』

「ワタシに合うお酒って、そういうことだったのかなあ。だとしたら嬉しいなあ」

笑いながら伝えてくれたその涙声は、震えている。

「……きっとそうだよ」

「だよね……そうだよね」

お酒に逃げてしまった自分自身をそのカクテル言葉で奮い立たせようとして飲み続けていたのか。そして、理香さんには自分のようにならず、強く優しくなってほしいと伝えようとしたのか。

「お父さん……」

彼女は静かに俺にもたれかかり、右肩に自分の頭を乗せる。

突然の密着に鼓動が速まったけど、今はこのままそっとしておいてあげたくて、俺は平静を装ってマスターに水を二つ頼んだ。

そこから三、四分ほど静寂を過ごし、彼女はやおら体を起こして目元をレースのハンカチで押さえた。

「……ありがと、キュー君。ちょっと落ち着いた」

「それなら良かった。もう出る？」

彼女は数秒真顔のまま考え込み、やがて色の濃い唇を微かに曲げて、柔らかい笑顔を見せる。

「ううん、もう一杯飲む」

「リーちゃんはそういうと思ったよ」

推理通りの答えをくれた彼女に、俺は黒革のメニューを開いて渡した。

＊＊＊

「だね。すみません、お会計お願いします」

最後の一杯を飲み終え、マスターにお礼を言って、髪を束ねないまま外に出る彼女を慌てて追う。

「よし、キュー君、出よっか」

居酒屋やバルが並ぶ、神田駅から少しだけ離れた二一時の繁華街。店員の呼び込みの声が響く中で、カップルや会社員のグループが、二次会の場所を探して歩いていた。

歩いている途中、右にいる理香さんが道向かいのお店を見ながら口を開く。

「来週のお盆、お墓参りしよっかな」

急な彼女の言葉はしかし、「決意」や「覚悟」と呼ぶほどでもなく、力が抜けていた。

今の状態の彼女なら、試してみてもいいのかもしれない。

「好きだったお酒持ってさ。まあ途中で気分悪くなって行けないかもしれないけど」

「それならそれで仕方ないよ。もしちゃんと行けたら、飲み交わしてありったけ文句言うといいさ」

そしてお墓の前でゆっくりと、最近の謎解きの活動を報告したり、「貴方のおかげでお酒が好きになった」と伝えてあげたりしたら、きっと喜ぶだろう。

「それにしても最後に飲んだギムレット、効いたなあ！　解決してホッとしてると酔いが回るのが速いよ」

「うん、リーちゃん結構顔赤い」

「だよね、ちょっと熱い気がするもん」

事件も解決したうえに今日は金曜、という解放感からか、髪は謎解きモードでおろしたままだけど、口調はいつものさっぱりと明るいトーンに戻っていた。

「でも確かに最後の一杯飲んで俺も酔った気がする」

「いやいや、キュー君が飲んだのスクリュードライバーじゃん！　ジュースみたいなもんだよ！」

頬を更に赤く染めて楽しそうに笑う彼女の髪を、風が優しく撫でた。

うん、やっぱり、おろしてる方が好きだな。

「キュー君、まだ時間ある？　もう一軒いかない？」

「いいけど」

「よし、お店探すね。どこにしよっかな」

右手でスマホをいじる彼女。ふと、ぶらんと下がっている空いた左手が目に入って、右手を寄せる。

が、そこで止めた。意気地がなかったわけじゃない。最初に手を繋ぐときは、お酒の力を借りずに繋ぎたいと思ったから。

「ん、どしたの、キュー君?」

「なーんーでーもーない」

「あっやしーんだ」

今はまだ、こういう関係でいいかな。いつか、スクリュードライバーのカクテル言葉を伝えよう。

「あなたに心を奪われた」と。

「よし、ここに決めた！　今度はウイスキーいこう。オススメのやつ教えてあげる！」

「それは光栄です、酩探偵さん」

まだ暑さのおさまらない賑わう街を、二人でゆっくりと歩いた。

小さな謎とエピローグ

「あつ……」

誰にも邪魔はさせない、という勢いで力の限り照り付けるお昼一二時の太陽に、「暑い」と最後まで言う元気もなくなってしまい、ゆっくりと口を閉じた。

八月一六日、日曜日。送り火と呼ばれる盆明けの日に、俺は地元の最寄駅である東武伊勢崎線の鷺宮駅に来ている。西口を降り、青毛堀川《あおげぼりかわ》に架かる橋を渡って車通りの少ないロータリーに来た。

車は走っているものの店は少なく、スーパーやスナックがポツポツとある程度。あとはやけに東京より広い歩道を自転車がのんびり走っている。

本当に長閑《のどか》だな、としみじみ思う。JRの東鷺宮駅に近い東口はこっちよりやや発展していて羨ましくなる。とはいえ、東京の洗練された街を見慣れてしまった身からすると、どんぐりの背比べだ。

橋を往復して駅前を行ったり来たりしているものの、あまりの日差しの強さに適当な店に入ろうとした、その時。

「え、キュー君？」

聞き覚えのある声に呼ばれ、駅の階段の方を振り向くと、そこには驚いた顔でこっちを見ている、おでこを出したポニーテールの幼馴染がいた。

「おう、リーちゃん」

「どしたの、こんなところで」

「いや、まあ、その、高校時代の友達と夕方会う予定でさ、早めに来たんだよ。リーちゃんはお墓参りだよね？」

「……うん、そう。そっか、偶然だね！」

理香さんは、そう呟いてにっこり微笑む。白と黒がはっきり分かれた綺麗な目は、俺が彼女を心配して帰ってきたことも見通していそうだった。

俺の最寄り駅ということは彼女の最寄駅でもある。「日曜なら時間が取れそうだから、昼に帰ってお父さんのお墓参りに行くつもりよ」とこの前Ｉｎ ｔｈｅ Ｔｏｒｃｈで話していたので、フラッシュバックなど起きて体調を崩したりしないかと気にかかり、高校の友人と飲む約束を急遽取り付けて帰省してきた。帰省といっても一時間ちょっと電車で揺られるだけなので、ちょうど良い小旅行という感じだ。

「お墓に行くの久しぶりだなあ。あれ、キュー君と一緒に……は行ったことないよね？」

「ああ、うん。墓地の場所とかお墓の形とかは聞いた気がするけどね」

「そうだよね。ねえ、キュー君、お昼食べた？」

「いや、まだだけど」

するとと彼女はにんまりと大通りの方を指差す。

「じゃあ一緒に食べない？　行きたいところがあってさ」

「いいね、行こう行こう」

ただ顔を見て、元気づけたりできたらそれで十分だったけど、そんなお誘いなら大歓迎だった。

「えっとね、もう少ししたら左に曲がってしばらく道なり、と……」

等間隔で植えられた大通りの街路樹を見つつ、スマホを顔に近づけながら数メートル先を歩く理香さんの後をついていく。高校生のときはもっと車の音がうるさかった気がするけど、ハイブリット車が増えたからだろうか。あるいは、俺が都会の喧騒に慣れただけか、はたまた車に乗る人口が減っているのか。町の人が高齢化してきていると去年あたりに母親が話していたのを思い出した。

「あ、あったあった！」

彼女が小走りで見つけたのは、いかにも老舗といった感じの蕎麦屋だった。やや汚れた白いのぼりがタンク式のポールスタンドに差され、風にパタパタとはためいている。くすんだ茶色の引き戸の手前には藍色の暖簾《のれん》があり、ガラス窓から見えるカウンター席に何人か座っていた。

「こんなお店あったんだ」

「そうよ、キュー君が高校のときにもあったはずだけど知らなかったの？」

「男子高校生は蕎麦屋には目もくれないで唐揚げやチャーハンを追いかけるんだよ」

未だに実家に帰ると大量の唐揚げが用意されるもんな、と思いながら彼女に続いて暖簾をくぐった。

「よし、何飲もうかな！」

「……リーちゃん、お昼食べるって言ってなかった？」

「食べるけど食中酒は必要でしょ？」

目を輝かせながら日本酒のメニューをじっくり見る理香さん。なるほど、蕎麦屋で日本酒を飲むのがオツだと何かで耳にしたことがあるけど、今日の目当てはそれだったのか。

彼女が選んでいる間に店内を見渡してみる。BGMのないさほど広くない店内で、五、六十代の客がゆったりと蕎麦を啜ったりお猪口を傾けたりしていて、若い俺達二人が若干浮いている。L字に曲がったカウンター席が十席に、二人掛けのテーブル席が三つ、奥には畳の小上がりがあって、四人が座卓に座れるようになっていた。俺達が座っているテーブルは、黒茶の色合いの和風な机椅子。椅子には誂《あつら》えた正方形のクッションがついていて、座り心地が良かった。

「あ！」

不意に理香さんが大声を出したので、驚いて真正面に視線を戻す。

「リーちゃん、どしたの？」

「花浴陽《はなあび》がある！　あんまり出回ってなくて、滅多に飲めないお酒なのよ。よし、飲む酒はこれに決めたわ。キュー君、食べるのは決めた？」

俺が頷くと彼女はそのまま店員を呼び、初めて聞く名のお酒とそれぞれのつけ蕎麦を頼む。こっちに特に断りなくお猪口を二つお願いしていたので、どうやらご相伴《しょうばん》に預かることになったらしい。

「こういう蕎麦屋って日本酒結構置いてあるんだ」

改めてお酒のメニューを見ると、十種類ほどの日本酒が載っていた。

「昔から、蕎麦屋と日本酒の関係は深いからね」

理香さんは店員さんから渡された水をゴクリと飲みながら答えてくれる。田んぼの多いこの町に帰ってきたからか、心なしか水が美味しい気がする。蕎麦は水が命という言葉を思い出して、これから出てくる蕎麦についつい期待が高まってしまう。

「蕎麦屋は江戸の中期以降から増え始めたらしいの。幕末の頃には江戸に四千軒も蕎麦屋があったらしいわ」

「四千！」

今より人口も相当少なかったはず。流行を通り越して、庶民の生活の一部になっていたのだろう。

「その頃江戸には簡単な居酒屋っぽい店もあったらしいんだけど、蕎麦屋でお酒を飲む人ってお酒目当てじゃないから深酒をしなかったみたい。だからこそ、お客さんはお酒の味にうるさかったんだって」

「なるほど、それで良い日本酒を置くようになったってことか」

客の舌が肥えれば、それは店で出すもののクオリティーにも繋がっていく。今の時代にも通じる話だ。

「お待たせしました、花浴陽です」

白藍色の徳利に二つの真っ白なお猪口、そして写真を撮らせてくれるためだろうか、緑色の一升瓶が置かれる。ラベルには、濃淡さまざまな青色の割れたタイルを敷き詰めたようなデザインが描かれていた。

「埼玉の羽生《はにゅう》市にある酒蔵で造られてるお酒なの。埼玉は隠れた酒どころだからね」

「へえ、ここからかなり近いところなんだな」

「花浴陽にも幾つか種類があるんだけど、これは八反錦《はったんにしき》っていう、広島でよく栽培されてる酒米を使ってるのよ。キュー君、飲んだらびっくりすると思う」

そう楽しそうに笑いながら、理香さんは俺と自身のお猪口にお酒を注ぎ、ゆっくりと持ち上げた。

「じゃあ、乾杯」

「乾杯」

お猪口の表面から香るのは、パイナップルを思わせるおよそ日本酒とは思えない匂い。誘《さそ》われるように、顔に近づけて口に含んでみる。

「うっわ……美味しい……」

まるで果汁入りのジュースを飲んだときのように、甘みと酸味がじゅわっと口に広がる。飲み込むと喉で若干の苦みを感じ、体の中が少しだけ熱くなって、これがアルコールであることを思い出させてくれた。香りだけでなく全体の風味もパインのようで、一体どうやったら米と水でこんなお酒を造ることができるのか不思議になってしまう。

「ワタシも初めて飲んだとき感動したわ。うちの県でこんな美味しい日本酒あるんだ、ってびっくりするでしょ」

「うん、正直ちょっとみくびってたかも」

濃厚で、それでいて爽やか。こんなお酒が家にあったら、毎日ちびちび飲もうと思ってもつい飲み過ぎてあっという間になくなってしまうだろう。

「あ、蕎麦も来たみたいよ」

理香さんの声に引き寄せられるように店員が持ってきたのは、シンプルなせいろ蕎麦。外側が黒、内側が朱色の器の底に簀《す》が敷かれ、やや黒みを帯びた、ツヤのある蕎麦が綺麗に盛られている。上にはたっぷりの刻み海苔が振られ、磯の香りが胃袋を刺激した。

「いただきます！」

「俺も！」

割り箸をパチンと割り、蕎麦猪口の底が見えない濃いつゆに少しだけつけて、勢いよくズゾゾッと啜る。

途端、打ち立ての蕎麦の少し甘いような香りと、程よいしょっぱさのつゆから感じる鰹《かつお》の風味、そして一気に飲み込んだ蕎麦ののど越しが、空腹の体を満たしてく。

「美味しい！」

堪らず叫ぶと、理香さんも幸せそうに頷いた。

「コシが強くて蕎麦の味がしっかりしてる。麺だけ食べても美味しい蕎麦ってきっとこういうのを指すのね。それにつゆもすごく優しい味だから、こんな夏でも幾らでも食べられそうだわ」

二人で夢中になって啜り、途中で少し水を飲んで口の中をリセットしてから花浴陽を一口。こういう取り合わせで食べるのはほぼ初めてのはずなのに、蕎麦と日本酒を交互に味わっていると「日本人で良かった」なんて言葉が浮かんでしまう。

「ふう、満足したわ」

あっという間に俺も理香さんも完食し、心地良さで大きく息を吐いた。

「さて、キュー君。まだ時間ある？」

「うん、予定は夕方からだから大丈夫だけど」

「なら良かった。ねえ、もし良かったら……一緒にお墓参りに付き合ってくれない？」

「え……？」

突然の提案に動揺してしまう。まさか同行することになるとは。

でも、それはそれで悪くないかもしれない。彼女がもししんどくなったら、近くで支えてあげられる。

「ワタシもほら、平静でいられるか分からないし、近くにいてもらったら色々助かるかもしれないって思ってさ」

「わかった。せっかくだから一緒に行くよ」

「ホント？　良かった！　じゃあ買い物して行こう！」

「買い物……？」

飾る花を買うだけかと思いきや、そこはさすが理香さん。近くの大きなスーパーで花と、なぜか小さな折り畳み椅子を二つ、そして酒屋では宴会でもするのかと思うほど大量の日本酒を買い、霊園に向かうためにバスへ乗り込んだ。

「昔は自転車ばっかりでバスなんてほとんど乗らなかったけど、こうやって帰省したときにはよく使うようになったたな」

ガラガラのバスの二人掛け席に前後に座っていると、前にいる理香さんが窓の外を眺めながら呟いた。俺の実家の近くを通り過ぎ、どんどん外れに向かっている。都会のように刺激に溢れた町ではないけど、小さな商店街を見れば良い匂いのする消しゴムを買いに行った文房具屋を思い出し、畦道《あぜみち》を見れば高校まで自転車を飛ばしたことを思い出す。町のあちこちに、追憶の足跡が残っている。

「結構遠いわね」

「あと一五分はかからないんじゃないかな」

他愛もない話をしているうちに、バスは目的地である霊園前に停まり、俺達は帰りのバスの時刻表を写真に撮ってから墓地に入っていった。

「さすがお盆ね」

「こういう時じゃないとなかなか来ないもんな」

綺麗に区画が分けられ、大小さまざまな墓石が並ぶ墓地は、あちこちで線香の香りと煙が漂っている。お菓子や花のお供えも多く、多くの家が帰らぬ人へ挨拶をしに来たようだ。

「こんなに暑いと、花もそんなにもたないわね」

父親の眠る場所に向かいながら他のお墓を覗いていた理香さんが、ステンレスの花筒に差された赤、黄色、紫の切り花に目を遣る。「朝からだもん、あっという間に枯れそうだな」と返すと、少し寂しげに頷いた。

「あ、あった。あの白っぽい石の……」

少し先にある墓石を指差しながら歩いていた理香さんが、突然言葉を失う。

「滝野家之墓」と刻まれた縦長のお墓。その手前にある二つの花筒には、既に花が飾ってあった。

「誰か来てる……」

「ホントだ。しかも最近だね」

真っ白なユリが印象的な生花を見て、彼女は呆然と立ち尽くしている。

「リーちゃんのお母さんじゃないの？」

「いや、違うと思う。最近連絡したときも行くなんて話はしてなかったし」

「まあでも、滝野家は先祖代々ここなんでしょ？　じゃあ誰か遠縁の親戚が来たりしたのかもね」

俺の言葉を聞きつつも、彼女は立ったままそのお墓をジッと見つめ、ほぼ反応はない。

少し間を置いて、彼女は自分自身に訊くように、口を開く。

「ううん、謎ね……解いてみようかな」

「解くって……？」

理香さんは、買ってきた小さな折り畳み椅子を開いて、アイボリー色の布の腰掛け部分に座る。もう一つの椅子を俺に渡し、彼女の父親のお墓の左右に陣取る形で二人で座った。

そして彼女は、ラインストーンを散りばめたシルバーの星のモチーフがついたヘアゴムを外し、ふわりと解けた髪をサッと整えた。

「えっと、どれにしようかな」

俺が持っていたスーパーの袋に何本もあるお酒の中から小さな瓶の日本酒を取り出し、自分の浅葱色のバッグからビニール袋に入ったぐい呑みを出してきてそこに注いだ。どうやら飲むために家から酒器を持ってきたらしい。

表面いっぱいまで入れたそのお酒を、彼女は液体の薬でも飲むかのようにカパッと一気に飲んだ。

「さて、いこっか」

お墓参りに来た人達の砂利を踏む音が響く中で、彼女の推理が始まる。ちょうど大きな雲で日が陰り、長時間座っていても大丈夫な気候になった。

「んん……ん……」

小さく唸りつつ日本酒を飲みながら、彼女は体を右に傾けている。このまま倒れてしまうのでは、と思うと今度は左に傾きながら、また一口。呑み助のメトロノームみたいで、推理に没頭しているときの彼女はやっぱり見ていて飽きない。

いつの間にか小瓶が空になり、足元に置かれたスーパーの袋から新しい日本酒を取り出して開ける。父親にお供えする酒ではなかったのか、と思ったものの、仮にお供えしたとしても最後は理香さんが飲んだのだろうと思うと、なんだか納得できた。

数分経って、彼女はほんのり赤くなった顔で「うん」と頷き、お猪口に残ったお酒をキュッと飲み干す。

「解けた？」

「ええ、ばっちり」

指を輪にしてオッケーマークを作ると、少しお墓に向けて斜めにしていた椅子を、俺の真正面に向け直す。

「その人は、このお墓に来たのは今が初めてのはずなのに、途中、到着までのバスの乗車時間があと一五分くらいだと知っていた。もちろん、事前に検索した可能性もあるけど、停留所の名前が出たら降りればいいのに検索する必要性は薄いからね。つまり、一度乗ったときに覚えていたの。それに、さっき飾られてる花を見かけたとき、ワタシが『こんなに暑いと、花ももたない』って話をしたら、その人は、『朝から飾られている』と言った。今は昼過ぎよ、ちょっと前に飾られたかもしれないのに」

「朝、ここに来て花を見かけないと出てこない台詞、ってわけか」

返事をする代わりに、彼女はまっすぐに俺を見た。

「キュー君、来てくれてありがとう」

反論の余地のない謎解きに、俺は「お手上げ」のポーズをしてみせた。

「まさか一緒に来ることになると思わなくてさ。先に俺もおじさんに挨拶したかったんだ。小さいときは公園やリーちゃんの家でお世話になってたし、一緒にお祭りにも連れて行ってもらったし。それに、リーちゃんが来るのがしんどそうだったら、俺が代わりに最近の活動を報告しようかなと思ってさ」

以前、霊園の場所やお墓の特徴を聞いておいて良かった。滝野という名前も彫ってあったから、スムーズに見つけることができた。

「ホントにありがとう、キュー君。でも、多分もう大丈夫。お酒で荒れてたときにも、ちゃんと愛してもらってたのが分かったから」

ビッグ・アップルのカクテルの件だな、と思い出しながら、再び椅子をお墓に、父親に向ける理香さんを見つめる。線香に火を点けて少しだけ二人で手を合わせた後、スーパーの袋から取り出したのは、彼がよく飲んでいたと聞いた日本酒「酔鯨」だった。バッグからもう一つぐい呑みを取り出し、二つにそれぞれお酒を注ぐ。片方を墓前に置くのかと思いきや、置いたのは瓶で、ぐい呑みの方は「はい」と腕を伸ばして俺に渡してくれた。

「三人で飲もうよ」

「お父さんのお酒、いいの？」

「大丈夫よ、きっと瓶ごとでも飲めるくらい好きだから」

自分で言っておかしかったのかクスクスと笑い声を漏らし、お酒を零さないように自分の目の高さに掲げた。

「じゃあ、乾杯」

蕎麦屋で飲み、推理のときも飲んでたのに、相変わらずのペースで理香さんは盃に口をつける。本当にお酒が大好きなんだ。

「うん、美味しい。お父さん、美味しいよ」

父親が眠る場所を前にしても、飲んで彼に話しかけても、フラッシュバックは起きない。どうやら、理香さんの言う通り、乗り越えられたらしい。本当に良かった、その一言しか出てこない。彼女の強さと優しさ、そしてお酒への愛が、もう会えない父親との和解を叶えたのだろう。

「キュー君、まだ時間あるんだよね？　もう少し付き合える？」

「ああ、うん。ゆっくり過ごそうよ」

そして時間をかけて話すといい。教えたいこと、伝えたいことが、きっとたくさんあるはずだから。

「……聞いてよ、お父さん。ワタシね、お酒の謎解き専門の探偵を始めたの」

理香さんは父親と、長い長い会話を始めた。

線香の煙がフッと、笑うように揺れた。

あとがき

この度は本書をお手に取ってくださり、ありがとうございます。皆さん、それぞれに大変な日々を送っているかと思いますが、良いお酒飲んでますか？　目がない方も飲めない方も、本書が慌ただしい毎日のチェイサー代わりになれば望外の喜びです。

この作品は、「お酒に纏わる謎解き」をテーマに、お酒や料理の魅力と豆知識をたくさん詰め込んでいます。酩探偵の理香さんの解説と共にぜひご堪能ください。もちろんメインの謎解きも、久登君と一緒に悩みながら楽しんで頂けたら幸いです。

私がお酒に目覚めたのは三十歳になる手前でした。日本全国の日本酒を飲めるお店で、シンプルな原料ながら製法の僅かな違いでがらりと味が変わることに驚き、奥深さと面白さを知りました。今では日本酒のききさけし唎酒師の資格を取り、本業の傍らライターとして記事を書きつつ、ワインやクラフトビールにも手を出しています。趣味の沼とは恐ろしいものです。

本文でも少し触れましたが、お酒の魅力は種類や味の幅広さもさることながら、「楽しみ方の多様性」ではないでしょうか。グループでワイワイ騒ぐのもよし、しっぽりと一人酒するのもよし。知識がなくても勉強しながらでも楽しめる。自分へのご褒美にちょっと良いお店でワインを飲んでも、気取らない場末の店でもつ煮とサワーを飲んでも、家で誰かと缶ビールを飲んでもいい。さすが紀元前三、四千年前から楽しまれている、老若男女楽しめる嗜好品だなとしみじみ思います。これからも、飲める方は節度を守って楽しみ、飲めない方も居酒屋やバルに行く機会があれば雰囲気やお料理を楽しんでみてください。

最後に。本作を出版するにあたっては、多くの方々にひとかたならぬお力添えを頂きました。まずは編集の田口様。ライト文芸の経験が浅い私をここまで丁寧に導いて頂き、本当に感謝頻りです。また、装画を担当頂いたイラストレーターの倉秦様。理香さんのキャラクターラフを頂いたとき、あまりに素敵な出来栄えで、毎日画像を覗いて校正のエネルギーにしていたのは良い思い出です。そして何かあると（何もなくても）すぐにくよくよして「人生をやっていこうな」と呟いている私を支えてくれている作家仲間の皆さん、いつもありがとうございます。さらに、行きつけのお店の店員の皆さん、同僚、学友に家族……本当にたくさんの人とのご縁で、この本はできあがりました。関わって頂いた皆様、そしてお読み頂いた読者の皆様に深く感謝申し上げます。

それでは皆さん、グラスは持ちましたか？　またどこかでお会いできる日まで、乾杯！

辛口の純米吟醸とマグロのたたきを前に　六畳のえる

ことのは文庫

酔《よ》いが回《まわ》ったら推理《すいり》どき
酩探偵《めいたんてい》天沢《あまさわ》理《り》香《か》のリカー・ミステリー

2022年6月26日　初版発行

著者　六畳のえる
発行人　子安喜美子
編集　田口絢子
印刷所　株式会社広済堂ネクスト
発行　株式会社マイクロマガジン社
URL：https://micromagazine.co.jp/
〒104-0041
東京都中央区新富1-3-7 ヨドコウビル
TEL.03-3206-1641 FAX.03-3551-1208（販売部）
TEL.03-3551-9563 FAX.03-3297-0180（編集部）

本書は、小説投稿サイト「エブリスタ」（https://estar.jp/）に掲載されていた作品を、加筆・修正の上、書籍化したものです。
定価はカバーに印刷されています。

ISBN978-4-86716-306-1　C0193
乱丁、落丁本はお取り替えいたします。